Août 24

W0293692

Philippe B. Grimbert

Qui sème le vent

le dilettante
7, place de l'Odéon
Paris 6e

ISBN 979-10-308-0110-1

– Putain de Sarkozy !

À la place du chemin et de ses deux rubans couleur sable séparés d'un vert gras, étaient incrustées dans la boue sèche de larges et profondes ornières, des tranchées zébrées par les empreintes des abatteuses, comme la signature d'un vandale. Pour avancer, il lui fallait se tenir en équilibre sur le rail d'herbe étroit qui les surplombait parfois d'un bon mètre. Le poids des engins, lestés d'un porteur qui véhiculait les billons et les grumes jusque vers la scierie des Blizzard, avait creusé dans la terre ces escarres rectilignes, sèches ou détrempées jusqu'à former des mares saumâtres d'eaux mortes que le granit n'absorbait plus. Sur la droite du chemin et jusqu'en contrebas de la butte des Moingeots, la forêt était scalpée, hérissée par endroits de souches comme des moignons, parsemée des rebuts de résineux, tandis que leurs troncs empilés sur les bas-côtés, ornés du cœur à l'écorce d'un trait de peinture rouge, achevaient de donner à l'ensemble les traits d'une zone d'anéantissement ou d'un champ de ruines, en tous les cas offraient à Alexandre le panorama d'un deuil.

Il y a quelques semaines, juste après la croisée des Baraques, il pouvait encore s'écarter du sentier herbeux pour s'enfoncer dans le tapis de mousse sous la voûte des hêtres et des douglas, tendre comme des strates de coton. En pénétrant dans le massif sur la gauche, juste après les trois chênes qui évoquaient les bases d'un conseil de vieux sages, s'étalait un mince rectangle de fougères sous lesquelles poussaient en juin quelques girolles. L'emplacement, à l'orée de la coupe franche, épargné par le filtre des branches, recevait un rai de lumière semblable au faisceau d'un spot céleste. Alexandre hésitait à rechercher au milieu des troncs empilés le cadavre des trois chênes, comme s'il se trouvait dans l'enceinte d'une morgue forestière.

Le quartier de son enfance lui avait valu une pareille impression. La tour avait poussé et s'étaient lézardées les façades et les cours des immeubles ouvriers lors de l'opération dite « Maine-Montparnasse », avant que par rues entières ils ne tombent ou soient démolis et peu à peu remplacés par un groupe hôtelier, les Échelles du Baroque, la place de Séoul et ses agoras, de la même façon que seraient plantées les jeunes pousses monotones des sapins, alignés comme les tombes d'un cimetière militaire. Ici comme là-bas sortait du sol la même laideur utile.

– Putain de Sarkozy ! éructait souvent Alexandre à la seule intention du paysage, à moins qu'il n'ait espéré un surplus d'apaisement en entendant claquer ses propres mots, effet qu'une simple pensée relative à l'ancien président ne lui aurait procuré qu'à moitié.

Qui avait ordonné l'exploitation industrielle intensive des forêts, l'engraissement pléthorique des agents de la filière bois sous couvert d'hymne à la biomasse ? Qui avait déclaré la mutation du parc naturel régional du Morvan en *wood valley* pour alimenter les chaudières à bois de Belgique et d'ailleurs ? Qui avait incité l'afflux dans la région de scieries géantes destinées à pourvoir la Chine en bois de hêtre et de chêne, des essences qui elles-mêmes seraient bientôt remplacées par les douglas au rendement accéléré ? En dix ans, la moitié des forêts du parc avait été transformée en usine à bois, et la splendeur panachée des essences avait été supplantée par d'uniformes rangées d'épineux.

Sarkozy s'était-il une fois dans sa vie aventuré au milieu de ces friches, dont la monoculture acidifiait les sols et soumettait les paysages à l'uniformité? S'était-il un jour épanché au pied d'un chêne pédonculé centenaire? Avait-il éprouvé la mesure du temps au hasard d'un chemin, d'une futaie ou d'un massif de houx, exposés au labeur des saisons?

À présent s'offraient, en substitut à ces lieux familiers, des plaines mortes où survivaient çà et là un bouleau frêle ou un hêtre trop jeune, épargnés par les dents des machines comme les enfants d'un village anéanti, ignorés des bourreaux. Des plaies béantes, des ersatz de forêt, domptée, réglée, surveillée par les engins qui attendaient que leurs résidents aient atteint une taille réglementaire, des troncs filiformes au port fastigié pour les broyer. Avant que les machines n'entrent en action, des chiffres apparaissaient sur les troncs, 2, 17, 31, comme des matricules avant l'exécution annonçant l'effacement à venir des paysages.

Fanny avait renoncé à accompagner Alexandre dans ses pérégrinations forestières, tant ses litanies troublaient la quiétude à laquelle elle aspirait dans ces instants. Il marchait seul et pouvait ainsi s'abandonner sans restriction à ses pensées belliqueuses contre les protagonistes du désastre. Sarkozy, du reste, n'était pas sa cible de prédilection. Certaines caractéristiques du personnage résistaient à la hargne qu'il suscitait entre deux coupes franches. L'effervescence électrique de l'ancien président, sa claudication à la limite de la boiterie, son regard d'enfant triste limitaient Alexandre dans ses furies. Comment haïr tout à fait un homme qui, disait-on, portait des talonnettes ? Ce détail l'émouvait presque au-delà de la rancœur qu'il nourrissait à l'égard de sa politique de déforestation.

Celui sur qui se concentrait toute sa haine, celui qui se prêtait sans limites à des scénarios imaginaires les plus sadiques, amputation à la tronçonneuse, broyage au granulateur, éclatement de la voûte crânienne à coups de rondins, c'était Blizzard. Ce vautour sans vergogne qui rachetait une à une aux paysans désargentés les parcelles de forêts des alentours. Blizzard, unique héritier de la scierie des Blizzard, et, pas le moindre de ses attributs, Blizzard, maire de Saint-Aman. Outre ce pedigree, sa physionomie se prêtait idéalement aux visions d'Alexandre. Plus grand que Sarkozy, affichant un embonpoint précoce, cet homme âgé d'à peine quarante ans arborait une silhouette marquée par une quasi-absence d'épaules, un simple évasement du cou avant l'ovale du tronc qui lui donnait les allures d'une gourde basque surmontée d'un volumineux capuchon. Son visage attirait aussi l'attention. Une frange de couleur indécise, entre le roux et le châtain, barrait un front lisse à mi-hauteur. Des yeux largement fendus, d'un marron brut, s'accordaient à ses joues glabres et poupines, apportant une touche douce et grasse, presque féminine. À chacune des occasions qu'il lui était donnée de l'observer, Alexandre identifiait sur ce visage ingrat l'empreinte d'expressions inscrites dans la chair à force de répétitions – airs ahuris, moues infatuées, rictus vulgaires –, semblables à un faux pli sur un tissu, des traits comme autant d'incitation à leur dégradation, miroir difforme de l'inclination du maire pour les forêts ravagées.

Célibataire, Blizzard habitait chez ses parents dans le corps de ferme attenant à la scierie familiale. On ne lui connaissait aucune relation intime, aucune passion, en dehors du bois. Sa tante, qui l'avait précédé durant quatre mandats à la mairie de Saint-Aman, l'avait propulsé sur la scène municipale à la surprise des habitants qui ne savaient presque rien de ce grand gaillard lisse et plutôt taiseux. À peine si on le voyait une fois l'an à la foire aux bestiaux de février sous le grand chapiteau dressé sur la place du village, ingurgiter ses moules-frites, boire quelques bières avec les employés de la scierie, avant de s'éclipser dès l'ouverture du bal. Après un premier mandat plutôt discret, Blizzard, réélu, s'était enhardi. Contacté comme de nombreux maires des communes voisines par l'entreprise allemande Uber Wind, le maire avait convié son délégué commercial à une séance du conseil municipal pour un exposé sur les bienfaits économiques et écologiques de l'implantation d'un parc éolien dans les environs de Saint-Aman. Au terme du laïus du jeune VRP d'Uber Wind – coupe en brosse, ultime floraison d'acné au front, costume ajusté et mocassins pointus –, Blizzard avait proposé aux membres du conseil de voter en faveur d'une étude de faisabilité sur la commune. Sur les onze conseillers municipaux, deux s'étaient abstenus : Nadine Frimont, une aide-soignante de l'EHPAD de Beuvray, et Jacques Colas, un ancien syndicaliste retraité des usines Arcelor du Creusot Montceau. Les autres avaient voté en faveur du projet, stimulés par l'inhabituelle effervescence de leur édile, à moins qu'ils n'aient été empressés de participer au buffet campagnard offert aux élus par Uber Wind, accompagné d'une documentation sur les atouts de l'éolien terrestre.

Blizzard possédait en effet des raisons d'être exalté. L'emplacement identifié pour accueillir le projet se situait au sommet de la butte de Thil, un promontoire forestier surplombant le petit lac de Magnence, l'entière propriété de la famille Blizzard, exploité par le groupement forestier Blizzard afin d'alimenter en bois la scierie Blizzard. Ainsi qu'Alexandre devait l'apprendre quelques semaines plus tard, des indemnités financières non négligeables étaient octroyées par contrat de bail, moitié au propriétaire et moitié à l'exploitant, deux fois Blizzard donc, à qui la construction d'un parc de huit éoliennes devait rapporter la bagatelle de 24 000 euros de revenus annuels. Six mois plus tard, deux semi-remorques traversaient le village de Saint-Aman, transportant les pièces détachées d'un mât de mesure, un pylône de cent vingt mètres qui, durant une année, devait relever divers paramètres relatifs aux forces et vitesses du vent.

À plusieurs reprises Alexandre s'était rendu au pied de l'engin, visible à vingt kilomètres à la ronde – trois rails métalliques de près de cent cinquante mètres de haut chacun, soutenus par des câbles d'acier, véritable sapin de fer décoré de caméras, de capteurs d'humidité, de températures et d'anémomètre –, entouré d'épicéas qui à ses côtés ressemblaient à des figurines, aux arbres nains d'un décor factice.

Mais ce mât n'était qu'un simulacre, le cheval de Troie d'une invasion barbare à venir. Bientôt, il serait remplacé par ses rejetons difformes, les éoliennes, dont les palmes culmineraient à plus de deux cents mètres, disait-on, et que l'on verrait d'Autun à Bazoches, autant dire partout. Elles effaceraient, écraseraient, rendraient invisible tout ce qui les entourait, massifs et clochers, buttes et pitons, hameaux et étangs, briseraient les lignes de crêtes, tant le regard deviendrait captif de ces points fixes ou plutôt rotatifs, selon la force des vents. Elles défiguraient déjà une partie de la région, les grandes plaines de l'Yonne et de la Côte-d'Or, les dessaisissaient de leur innocence plate, de leur belle monotonie de damier vert et ocre. Partout où ces monstres étaient érigés s'illustrait un peu plus la hauteur de l'arrogance humaine, de ses peines, ses ambitions démentes comme seul loyer versé à une nature désolée.

Mais c'est la nuit que la morsure était la plus violente, lorsqu'Alexandre apercevait au pied du lac le clignotement du balisage lumineux du mât, ces courts éclairs écarlates qui troublaient l'obscurité du Morvan. Il lui faisait ressentir la terreur d'une scène d'interrogatoire, conduit par un inquisiteur invisible, dissimulé sous le plafond de la voûte du ciel et le torturant au moyen de son faisceau épileptique.

Alexandre aurait pu, comme le lui suggérait Fanny, regarder ailleurs, ignorer cet appendice hideux et se concentrer sur le beau, l'immaculé du parc du Morvan. Mais il y revenait et y revenait encore, le regard attiré par cette érection difforme, comme un peintre qui ne percevrait plus de sa toile qu'une asymétrie égarée dans un angle, imperceptible aux yeux du profane. Une tache dans l'immensité des forêts du Morvan qui l'accaparait tout entier, accrochait non seulement son regard, mais aussi sa colère et son chagrin. Il était pris dans ses filets comme un insecte sur un piège adhésif, retenu, capturé dans la glu, bourdonnant d'effroi, incapable de reprendre son envol pour se poser ailleurs, sur des surfaces moins périlleuses, moins captivantes.

Ce qui sous-tendait ces points de fixation sur le mât clignotant ou sur les paysages dégradés du Morvan semblait alimenté par une source intarissable. Tout l'y ramenait, l'y conduisait, tel un voyageur cherchant à tout prix à rejoindre une gare de campagne isolée par des itinéraires tortueux, des correspondances laborieuses, unique passager d'une rame vide et sans conducteur, hanté par sa seule destination.

Si certaines obsessions, ces *monomanies* qui envahissent un individu et suscitent un véritable prurit de l'esprit, sont les conséquences d'une interaction foudroyante, d'un attrait irrésistible entre deux parties, tenant à la nature véritable de chacune d'entre elles, d'autres, au contraire, ressemblent à des leurres, comme ceux utilisés pour les courses de lévriers. Leur nature n'est alors qu'un prétexte, un ersatz, la traduction d'un trop-plein ne trouvant nulle part où se disperser et se fixe sur un malheureux subterfuge comme le sont pour les chiens de course ces lièvres en acrylique.

En d'autres termes, Alexandre Wisnievsky traversait-il une période obscure de son existence au point que, pris dans le gel de son impuissance, toute sa vitalité contrariée par un manque de perspectives se focalisait sur son environnement ? Ou bien ce mélange de rage et d'abattement qui le submergeait après ses randonnées au cœur du Morvan était-il le résultat d'une perception aiguë et désolante des menaces pesant sur la puissance charnelle de ces paysages, ces forêts qu'il pensait inviolables, ordonnées par les seules lois végétales, au milieu desquelles il lui semblait possible de disparaître et qui possédaient la force d'une utopie incorruptible : un rempart, une île, face aux assauts de cette modernité disgracieuse qui insidieusement envahissait la région, mètre par mètre, rond-point après rond-point, zone d'activité commerciale après zone d'activité commerciale, ces ZAC au nom plus hideux encore que les enseignes qui les composaient – Leclerc, Gamm vert, Intersport, Weldom –, transformant le centre des villes en tombeau, comme si la laideur avait cessé d'être la marque d'un échec pour accéder au rang d'une catégorie, d'un objectif, ou même d'un idéal ?

À l'aube de ses cinquante ans, Alexandre Wisnievsky n'était certes pas épargné par les revers de l'existence susceptibles de contrarier ses humeurs. Fanny, sa compagne depuis près de dix ans, s'éloignait de lui, ainsi qu'en attestaient les deux cent cinquante kilomètres qui les séparaient désormais – soit la distance entre la longère et leur appartement parisien –, selon des intervalles qui s'allongeaient sans cesse. Une distance toutefois moins éprouvante que celle qui les séparait lorsqu'ils étaient réunis. Celle-là, c'était autre chose. Ils auraient eu beau se coller l'un à l'autre, s'enchaîner même, qu'ils n'auraient pas moins éprouvé le gouffre qui parfois les tenait hors de portée l'un de l'autre. Ils pouvaient bien se toucher, marcher main dans la main ou faire l'amour, c'était comme s'ils se livraient à une sorte d'exercice expérimental au cours duquel leurs zones de contact se limitaient à enregistrer des signaux – température, texture, humidité, frottement –, restitués par leur cerveau à l'identique, chargés de rien d'autre que ces pures impressions somatiques.

Fanny, depuis qu'Alexandre avait décidé de ne plus quitter la longère, était tenue à cet exercice délicat, ce grand écart entre Paris et le Morvan d'autant plus contraignant qu'elle-même se raidissait. Car si les gestes qu'ils avaient l'un pour l'autre s'engourdissaient, que dire de leurs mots ? Non pas qu'ils soient silencieux l'un avec l'autre, bien au contraire, mais c'était comme si leurs flux respectifs retombaient sur le sol sans jamais s'entrecroiser, comme les deux jets de deux mixtions après leur chute molle et dispersée. Pis encore, ils ne semblaient s'accorder que sur des oppositions de principe, des antagonismes forcés ou futiles. Si Fanny appréciait un roman ou un personnage public, il l'attaquait par ses angles mous avant de le mettre en pièces, concluant par des assertions radicales – « en fait, c'est de la merde » ou bien « en vérité c'est un con » –, qui exaspéraient Fanny autant qu'elles procuraient à Alexandre l'illusion d'une certaine tenue alors qu'au contraire il ne savait plus très bien par quelle partie, quel morceau la retenir. Elle lui glissait entre les mains, entre les mots, en dépit des plaintes, des menaces ou des promesses, du moins c'est ainsi qu'il percevait les choses. Mais il gardait l'espoir d'un renouveau, une réinitialisation de leur lien à l'instar d'un programme informatique, un *reset* de leur amour qui les réengagerait tous deux dans de nouvelles connexions jamais empruntées auparavant, comme les pièces ignorées ou condamnées d'un château un jour restauré. Jusqu'à présent, hélas, ses tentatives pour forcer de nouveaux passages ne les ramenaient qu'à eux-mêmes, à cette butée contre les limites de leurs langues, de leurs gestes, de leurs corps, sans perspective de régénération.

Avant chacun de ses départs le dimanche soir, il redoutait que Fanny lui annonce l'achèvement de ce qui s'étirait depuis des mois, l'issue mécanique d'une traction prolongée. Il restait dans la longère toute la semaine avec un sentiment d'abandon, errant d'une pièce à l'autre à l'instar des meubles, des bibelots, des tasses, des tapis, des nappes, amputés du regard de Fanny qui avait pris congé d'eux, et le laissait pareillement inanimé.

Il songeait avec nostalgie aux soirées au coin du feu au cours desquelles il lui lisait, dans le crépitement du bois de feuillus, les pages écrites durant la semaine. Car, depuis près de deux ans, il n'avait rien à lui lire sinon des bribes de phrases indigentes dont il ressentait rien qu'en appuyant sur les touches de son clavier la mollesse, l'hésitation, ses phalanges gourdes, éloignées du *staccato* empressé d'hier, lorsque ses doigts se montraient incapables de suivre le rythme des images qui lui venaient. Et même avant cette avarie, il savait au ton de voix ou au regard de Varenne, son éditeur, que quelque chose n'allait pas, n'allait plus. Varenne continuait à le publier parce qu'il avait des principes : il ne lâchait pas ses auteurs, avait-il coutume de déclarer dans la presse spécialisée. Il ne les *balançait pas par-dessus bord aux premières difficultés comme un capitaine de fret le ferait sans scrupule avec des voyageurs clandestins*, voilà ce que Varenne avait déclamé.

C'était donc pire encore. Ce qu'Alexandre percevait chez son éditeur lui évoquait ces amis d'enfance qu'on fréquente avec moins d'entrain tant ils nous semblent figés dans un passé qui ne nous concerne plus, une gangue surannée où surnagent des souvenirs qui ne servent qu'à mesurer l'étendue de nos propres évolutions. Ses deux derniers romans s'étaient vendus respectivement à deux mille cinq cents puis à mille exemplaires ; Varenne avait-il sans doute indiqué ce dernier chiffre pour ne pas lui révéler sa chute dans la boue déshonorante des centaines, celle des premiers romans, des recueils de poésie ou des essais de physique quantique. Les sollicitations empressées des librairies pour des signatures, les demandes d'interview, les réimpressions ou les réassorts, toutes ces marques d'abondance qui avaient accompagné la sortie de ses premiers livres appartenaient au passé et agressaient sa mémoire de leurs pointes acérées.

Qu'est-ce qui n'allait plus ? Son style ? Cette appétence grasse pour les métonymies, les synecdoques, les métaphores, ce phrasé interminable dont on cherche l'issue, le point, pour ne pas s'asphyxier, comme une poche d'air dans une grotte sous-marine ? Varenne le conseillait parfois, avec cette retenue bienveillante que l'on accorde à des ambitions palliatives : son écriture riche, trop riche, à la limite de l'écrasant, souffrait d'anachronisme.

On réclamait du vif, du sec, du syncopé ; des énoncés rapides, hachés, impératifs et désorganisés par l'émotion. Et que dire du fond ? La littérature française entrait dans une phase nouvelle, une période d'*éveil*, portée par une éthique de la révélation. Si les femmes étaient si nombreuses à y prendre part, à l'instar des écrivains voyageurs au temps des grandes épopées, c'était parce qu'elles portaient cet impératif du dévoilement à son degré le plus élevé. Après des années de repli craintif se tendait une vérité nue et sincère comme le pavillon d'un navire de guerre. Et les autres, toutes les victimes jusqu'alors réduites au silence, accédaient elles aussi à ce grand ouvrage collectif de la dénonciation. Une vocation malheureusement absente de l'œuvre de Wisnievsky : des livres aux personnages féminins *pauvrement esquissés*, ainsi que l'avait rappelé à plusieurs occasions Julie Lasers, redoutable critique littéraire, un auteur qui observait les femmes par le prisme d'un graphoscope, mais surtout un auteur muet, aphone lorsqu'il s'agissait de porter la voix des parias de l'Histoire, et de la géographie, dénué de compassion *à l'égard de tous ces ex-croissants qui questionnaient nos frontières au-delà du visible ou de l'invisible*, concluait Julie Lasers dans le dernier article qui lui était consacré.

Si l'œuvre de Wisnievsky était d'une certaine abondance : huit romans, trois pièces (mais aucune montée), un essai reprenant les principaux éléments de sa thèse en littérature comparée (*Anamorphoses et métamorphoses de la dialectique dans les romans de Kafka*), le flux qui les irriguait, le combustible qui les alimentait était en revanche plus uniforme. Une matière proche d'un bourdonnement, d'un râle plaintif qui conduisait ses personnages ou plutôt son unique personnage à des sortes de ricochets contre une surface hostile et dont la constance narrative des aventures n'est pas sans rappeler le héros d'une série sans action, une sorte d'*Inspecteur Derrick* du ressentiment.

Mais aujourd'hui c'était le néant. Les heures blanches, ainsi qu'il qualifiait ses face-à-face prolongés avec le rectangle sur fond gris sale de sa page Word. Alexandre mesurait dans ces moments-là à quel point sa décision d'abandonner son poste de maître de conférences à l'université pour se consacrer entièrement à la littérature, de se déclarer écrivain comme d'autres plombier ou maréchal-ferrant avait pu s'avérer périlleuse. Il avançait désormais sans filet de protection, pas même celui procuré par une renommée qui aurait pu lui assurer un succès d'estime durant cette mauvaise passe, apposer sur son manque d'inspiration le regard d'une mère attendrie sur un enfant paresseux. Quant à sa maîtrise technique, son savoir-faire acquis durant ces quinze années de pratique, ils lui étaient aussi utiles qu'une puissante berline sans carburant, immobilisée au garage. À l'instar d'un malade en phase terminale apprenant la fin du monde imminente, il ne se consolait qu'en déplorant celle du roman, une parenthèse ridicule de quelques siècles dans l'histoire de l'humanité qui se refermait sur sa propre inhibition, même si l'on continuait à lui prodiguer les plus grands hommages, comme ces cathédrales où les touristes ont remplacé les fidèles.

Cette panne d'inspiration n'était pas sans conséquences sur sa relation avec Fanny qui considérait l'apathie d'Alexandre, cette interminable période d'introspection passive dans le Morvan, d'un œil peu complaisant. Elle l'avait à plusieurs reprises incité à quitter la campagne, à renoncer à ces longues semaines d'errance, isolé dans la longère où elle le retrouvait les vendredis soir dans un état de grande insatisfaction, ou au moins à reprendre une quelconque activité professionnelle, professeur de français dans un lycée de la région, correcteur à distance. Mais Alexandre ne percevait dans ces suggestions dégradantes que la marque, la preuve intangible que sa compagne ne croyait plus en ses capacités d'écriture. Des doutes qu'il nourrissait bien avant cette période creuse. Certes, Fanny avait été impressionnée et même séduite par les succès critiques et les chiffres de vente de ses trois premiers romans. Elle avait même continué – tandis que ses lecteurs se raréfiaient et que les invendus, retournés à L'Acacia, sa maison d'édition, augmentaient – à lire avec fierté les articles consacrés aux suivants, sans savoir qu'ils étaient pour la plupart rédigés par des intimes de Varenne. Mais il était convaincu que sa compagne n'éprouvait à la lecture de ses textes qu'un intérêt limité et surtout une émotion bornée. Fanny aimait les aventuriers de l'écriture, les baleiniers, les fermiers, tous ces artisans, ces manuels de la littérature aux mains calleuses, les Caldwell, Dos Passos, Faulkner, London, Harrison, ces vagabonds marginaux durs et indisciplinés, dotés d'un sens aigu du mystère, violents jusqu'à la frénésie, mais sans vanité, une littérature sans psychologie, sans dévotion aucune pour l'ombilic de ses auteurs. À mille lieues de tous ces névrosés autofictifs qui parasitaient les émissions littéraires et les devantures des librairies, ces petits normaliens qui embrasaient le monde par le prisme de la place du Panthéon ou ces fillettes éduquées dont le divorce des parents ou la rencontre avec un SDF se muait en expérience métaphysique. Elle avait éprouvé les pires difficultés à lui exprimer un point de vue original sans parler de son émotion après la lecture de son dernier opus, *Contre-moi de la tyrannie*. Fanny voyait Alexandre à chaque page du roman, chaque allusion, à l'intérieur de chaque image, toute cette intimité qu'il lui avait surexposée et dont elle était presque saturée.

Telle était grossièrement la situation dans laquelle Alexandre Wisnievsky piétinait à l'entrée de cet hiver, un concentré d'adversités à qui beaucoup n'auraient pas manqué d'octroyer une place de roi avant de sombrer dans la mélancolie. Mais Alexandre possédait cette faculté remarquable que l'on peine parfois à reconnaître à tous les grands plaintifs, cette aptitude à traiter le malheur ou l'infortune en intrus, qui ne résulte en aucun cas d'un optimisme béat, d'une foi passive en des jours meilleurs. C'était plutôt une force intérieure qui l'incitait – à l'instar d'une greffe incompatible – à rejeter le désespoir, par une immunité faite d'une bile acrimonieuse, d'un flux rageur, de toutes les sécrétions de l'âme dirigées contre ces parasites. C'est ainsi qu'il refusait l'agonie annoncée de son couple, de son œuvre et des forêts du Morvan, et conservait la conviction que des événements se produiraient, qu'une force nouvelle jaillirait qui allouerait à chacun la renaissance qu'il méritait, le vert tendre aux paysages, l'anthracite aux pages blanches et les pastels d'hier à son couple. Mieux encore, ils s'entraîneraient les uns les autres dans ce rehaussement chromatique comme s'ils étaient reliés par un pigment mystérieux.

Sa tête apparaissait dans l'encadrement de la porte vitrée vers 7h30, juste après qu'il eut terminé son premier pansage dans la stabulation des Moingeots. Il toquait au carreau et attendait qu'Alexandre vienne débloquer le loquet pour faire entrer son mètre quatre-vingt-dix dans la cuisine, le crâne incliné afin de ne pas heurter les poutres du plafond à la française. Une dégaine qui n'était pas sans rappeler le général de Gaulle tant par sa silhouette voûtée dont les épaules semblaient toujours avoir un temps de retard sur les mouvements de la marche que par sa moustache grise en forme de brosse à dents, mais aussi l'acteur John Wayne pour la carrure épaisse et la façon qu'il avait de stationner en appui sur une seule jambe, la seconde en léger repli, entraînant dans la direction opposée un mouvement de bascule du thorax.

Il commençait par ôter ses bottes qu'il rangeait avec soin au pied du radiateur avant de s'asseoir sur le banc face à la table de ferme. Cette table, c'était la sienne. Un meuble de famille qui dormait dans sa grange avant qu'il ne la prête au couple lors de leur installation. Souvent, Jean passait sa main sous le plateau de chêne pour s'assurer que les chewing-gums qu'il avait collés enfant se trouvaient soixante ans plus tard toujours à la même place, des petites croûtes sèches qui hérissaient la surface lisse du bois. Alexandre aimait le voir accomplir ce geste, éprouver en silence les effets de cette réminiscence tactile qu'il ne désespérait pas de pouvoir un jour retranscrire, dresser un portrait simple et rude de l'agriculteur dans une prose concrète, attachée aux plis et replis de la vie d'ici, des hommes, des bêtes et des paysages.

Au gré des matinées, quotidiennes, par fragments éparpillés depuis que Jean ne quittait plus la longère, ils avaient fini par en apprendre l'un sur l'autre. L'éleveur de charolaises éprouvait quelques difficultés à se faire une idée précise d'Alexandre comme des autres choses qui l'entouraient, à leur assigner une certaine place, une fois pour toutes. Définir la race, l'espèce, la fonction, l'essence. Avec Alexandre, quelque chose de légèrement visqueux lui échappait, comme la matrice des génisses lors du vêlage. C'était un Parisien comme il en avait déjà croisé, mais qui dépassait tous les autres par son haut degré d'inactivité, son étrange capacité à ne rien faire ou en tous les cas rien d'apparent pour Jean. Pas d'horaires de travail, aucune tâche domestique, gros œuvre, jardinage, entretien, mécanique, rien, rien de ce qui jalonnait heure par heure, de l'aube au crépuscule et presque tous les jours de l'année, le quotidien de Jean. Les journées d'Alexandre lui paraissaient non pas remplies, mais plutôt décorées, comme les abords de Saint-Aman durant les fêtes.

Rien que pour cela, il aurait dû tirer des conclusions définitives, ranger le personnage dans sa boîte à *cossards* – l'une des plus méprisables pour Jean – et ne plus le considérer autrement. Mais Alexandre possédait quelque chose qui l'intriguait : sa manière de parler, de trouver des mots pour désigner certaines choses, là où Jean pensait qu'il n'y en avait pas. Par exemple, il parlait du Morvan, la terre natale de Jean, celle de ses parents, de ses grands-parents et encore d'avant, comme s'il y avait toujours vécu, comme s'il n'était pas arrivé dans le coin depuis six ans à peine. La chute des cours des charolaises, l'engraissage des bêtes en Italie, la faillite des exploitations, le suicide des agriculteurs, et la terre, la terre qui peu à peu se faisait bouffer par les friches industrielles, les zones pavillonnaires, les nappes de parkings et de centres commerciaux, toutes ces *métastases drainant leur tumeur d'origine*, disait Alexandre, comme si ces fléaux se répandaient dans son propre jardin, dénaturaient ses repères, avilissaient ses souvenirs. Jean n'aimait pas non plus la ZAC et les Caddie géants, abandonnés au milieu des aires de stationnement désertes et gigantesques ; il ne sortait plus vraiment d'un triangle délimité par les Moingeots, Saint-Aman et Magnence. Sur ce point comme sur d'autres sujets, Alexandre alimentait sa colère comme du bois de caisse jeté au feu, mais parfois aussi l'apaisait comme si les mots, la hargne savante d'Alexandre dépréciaient la sienne, l'affaiblissaient ou en tout cas en absorbaient une partie de son acrimonie.

Leur thème de prédilection, l'endroit de leur conversation dispersée où plus qu'ailleurs ils aimaient se retrouver et pour lequel ils partageaient une excitation semblable à celle de deux enfants lâchés sur une aire de jeux, c'était Blizzard. Les tombereaux d'injures qu'Alexandre déversait sur le maire de Saint-Aman, c'était du miel pour Jean dont la haine trouvait à cette occasion des renforts jubilatoires : une vraie liqueur qui lui glissait dans le fond de la gorge dès qu'ils évoquaient l'édile. Dans la famille Colas, on détestait les Blizzard depuis Mathusalem. Au moins depuis le maquis Vauban et toutes les saloperies commises durant l'Occupation par le grand-père Bizar, propriétaire de l'Auberge de l'Âtre qui accueillait *hardi tiens bon* des gradés allemands pour des parties fines, selon les dires de Georges Colas, le grand-père de Jean. Cette hérédité malfaisante, c'était comme une bénédiction pour Alexandre qui d'ordinaire ne croyait pas davantage aux saints qu'aux ordures intégrales. Mais pour Blizzard, c'était l'exception. Quel que soit le bout par lequel on le prenait, la période d'étude, on tombait sur du mou, du pourri, du véreux.

Ce qui excitait la rage de Jean à l'égard de son maire était pourtant sans rapport avec son projet d'installation d'éoliennes, *cette entreprise de défiguration du monde*, comme le rappelait sans cesse Alexandre. Non, ce que Jean n'arrivait pas à digérer, c'était que Blizzard soit maire. Son maire. Cette fonction qui, même dans un village de sept cents habitants, vous obligeait depuis des lustres à une légère inclinaison du chef, une déférence séculaire quoi qu'on pensât du bonhomme ; c'est comme ça qu'il avait été élevé. Ce type lui filait des aigreurs d'estomac, comme un bourru trop acide. Son style peut-être en était une partie de la cause, la roguerie adipeuse de son port de tête, son timbre de fausset, et sûrement éprouvait-il aussi un peu d'aigreur en raison des revenus de la scierie, son 4x4 rutilant. Mais l'essentiel était ailleurs, dans cette sale histoire avec Martine, la femme de Jean. Martine, quand elle n'était pas occupée à la comptabilité de l'exploitation, faisait celle du musée Vauban de Saint-Aman. Musée était un terme généreux pour qualifier cette bâtisse en pierre recouverte d'un crépi en finition gratté, qui abritait quelques photos, reliques et pages manuscrites de la main du maréchal de France, le tout agrémenté d'un document audiovisuel relatant les principales réalisations de l'ingénieur militaire. Avec son demi-millier de visiteurs par an, les recettes anémiques et les maigres subventions du parc couvraient à peine les frais d'entretien et de personnel. Chaque année, Martine présentait un bilan comptable déficitaire de quelques centaines d'euros au conseil municipal. On prenait acte, réduisait les frais et l'on passait au point suivant de l'ordre du jour. La lettre trimestrielle, un bulletin sur l'actualité du musée, avait ainsi disparu depuis deux ans par manque de trésorerie, mais aussi d'actualité.

Jusqu'à cette séance de mars l'an passé où l'on avait déploré un trou de 400 euros de plus qu'à l'accoutumée. Blizzard s'était fendu d'un commentaire acerbe sur la gestion financière du musée Vauban et avait fait part de ses doutes, ainsi que de ceux de ses deux principaux adjoints, tant sur les compétences que sur la probité de Martine. « On est en droit, en tant qu'élu ayant des comptes à rendre à ses administrés, de se demander où était passé cet argent », avait-il conclu dans un silence pesant. Martine avait été si bouleversée qu'elle avait peiné à justifier son bilan pourtant exact au centime près. Elle était sortie de la mairie alourdie d'une enclume figée dans le bas des reins et il lui avait fallu plusieurs semaines avant de retrouver un sommeil qui ne soit hanté par le souvenir de cette humiliation publique dont elle croyait détecter l'allusion sur le visage de certains habitants de Saint-Aman : l'expression d'un doute, d'une suspicion qui, en dépit des sourires forcés, projetait sur sa personne un halo de lumière froide. Pendant un mois, elle avait fait ses courses sur Internet, même le pain, pétrifiée à l'idée d'une rencontre méprisante. Pour la première fois de son existence, elle éprouvait l'insupportable injustice de se voir attribuer les vices d'un autre, l'impression de porter un vêtement taché qui ne lui appartenait pas, d'être confondue avec celle qu'elle n'était pas. Elle avait mis du temps avant d'en parler à Jean qui à son tour n'avait plus fermé l'œil de la nuit. Sur le coup, il avait réagi avec véhémence, menacé de se rendre armé au prochain conseil municipal dans le but de truffer de plomb le postérieur de Blizzard et de ses premiers adjoints. Sa colère s'était ensuite dispersée sur les autres membres du conseil municipal, les gestionnaires du parc et sur Martine elle-même pour sa réaction jugée trop molle. Depuis fermentait dans le cerveau de Jean une rancœur muette qui montait en degrés comme si la masse gélatineuse de Blizzard dégageait des ferments acides.

Avec Alexandre, lorsque la conversation retombait, ça les fouettait d'évoquer la personnalité du maire. À nouveau ils s'allumaient, s'empourpraient à coups de ragots, d'anecdotes glanées ici et là, d'images salaces enrichies par Alexandre à la plus grande joie de Jean : Blizzard en cafard pourvu d'une tronçonneuse en guise d'appendice, en eunuque, sa flaccidité compensée par l'érection des éoliennes ou en oie adipeuse qui le soir se mirait devant une glace, bandeau tricolore en écharpe, etc.

Jean ne restait qu'une dizaine de minutes tout au plus, un temps d'oisiveté qu'il ponctuait par un départ précipité accompagné d'une phrase énoncée rituellement – *bon j'ai pas que ça à faire* – qui semblait abandonner Alexandre à ce *ça* énigmatique, ce magma immobile, cette tourbière au milieu de laquelle il retrouverait son hôte le lendemain matin, exactement dans la même position, comme s'il n'avait pas bougé d'un centimètre.

Après le départ de Jean, une heure stérile devant son écran et une excursion dans les bois, les journées s'étiraient pour Alexandre. Souvent, il passait d'une pièce à l'autre, déplaçait des meubles, des objets, des tableaux, des bibelots, réorganisant les espaces où se refléteraient l'ordre et l'harmonie auxquels il aspirait. Un ordre moins formel qu'esthétique, une esthétique rude et authentique où les vieilles pierres de l'ancien corps de ferme, le mobilier rustique, les fourches de bois décoratives, les harnais de bœuf recyclés en miroirs, les essieux de charrue en lampes de chevet, les maies en porte-CD, procuraient à Alexandre le sentiment d'habiter une intention, lui-même fondu dans ce décor comme un phasme. Il songeait parfois à ces maisons d'artistes illustres que l'on visite au hasard d'une ville de province et où sont conservés les ustensiles d'une existence simple et dépouillée, à l'opposé de leur œuvre glorieuse.

C'était pour ce temps dégagé de toutes les vicissitudes qui boursouflaient d'inutile, de dérisoire, le quotidien de ses contemporains, qu'il avait quitté son poste à l'université de Villetaneuse afin de se consacrer entièrement à la littérature. Un choix inhérent à son ambition, sa fonction, sa profession : laisser s'agiter le monde autour de lui, être simplement disponible afin d'exercer dans les meilleures conditions son génie de la perception, de la dissection, de planter dans la chair du quotidien son regard aiguisé. Cette vacance, cette apparente vacuité, il lui fallait les accueillir pleinement, les respecter comme un charpentier sa mortaise ou son rabot, se hisser comme un chasseur sur une tour de guet et attendre les manifestations du visible et surtout de l'invisible.

C'était la première fois qu'il se rendait à un événement de ce genre. Alexandre éprouvait à l'égard des réunions publiques une aversion semblable à celle que l'on conserve pour un aliment consommé à l'état avarié, le fantôme d'un dégoût qui conférait au simple mot un pouvoir émétique. Une répugnance héritée des interminables sessions pédagogiques, conseils universitaires, assemblées syndicales et autres, tous ces rassemblements toxiques qui s'étiraient jusqu'à l'épuisement de ses participants comme ces arbres à guimauve de fête foraine.

Celle-ci, organisée par le collectif Vent de Colère – une association consacrée à la lutte contre les projets éoliens du parc –, se tenait dans la salle de classe désaffectée de l'école communale de La Roche-en-Rénier, un village situé à une vingtaine de kilomètres au nord de Saint-Aman.

Vent de Colère. Le nom figurant sur le tract déposé dans sa boîte aux lettres l'avait stimulé par sa virulence, une invitation à accueillir la sienne, sa propre colère, à lui offrir un socle, une base où elle pourrait se concentrer, s'étaler, se répandre qui sait. C'était cette même colère qui l'avait conduit à braver ses inhibitions et à pénétrer en cette fin de matinée de novembre avec une demi-heure de retard dans la grande pièce aux murs encore revêtus du triptyque émaillé d'un tableau vert poubelle et d'une immense carte scolaire des reliefs Vidal Lablache. Des ornements comme les vestiges émouvants d'un village débarrassé de tous ses enfants qui aurait, à l'instar de tant d'autres dans la région, reçu la visite d'un joueur de flûte pour les noyer dans la rivière la plus proche.

Une quinzaine de personnes se tenaient en cercle au milieu de la pièce. Au centre était placé un chevalet en aluminium portant de chaque côté la même affiche d'un paysage typique du Morvan, un massif forestier comme un mamelon, aux formes douces et arrondies, dont l'échelle des arbres et des sapins était écrasée par celle de trois mâts éoliens, trois géants de métal aux torses étroits que l'inclinaison des pales semblait rendre mobiles, engagés dans un mouvement d'invasion du paysage lui-même réduit à l'état miniature.

Un des participants invita Alexandre à prendre place

sur l'une des chaises vacantes placées à l'extérieur du cercle que deux adhérents élargirent aussitôt afin de les intégrer lui et sa chaise dans la courbure de son arc, Alexandre se trouvant en un instant promu de parfait inconnu au rang plus familier d'anneau, de maillon intégré dans cette chaîne humaine entre un barbu au visage émacié et une femme dont l'expression souriante était rehaussée par des montures de lunettes en forme de cœur. L'homme qui avait invité Alexandre à s'asseoir reprit d'une voix puissante le cours de son exposé. D'une impressionnante carrure, il était pourvu d'un front large et d'une chevelure grise aussi abondante que désordonnée. L'autorité de l'élocution, le rythme des sons, clairs et détachés, et surtout le contenu du discours, à la fois technique et intelligible, engendraient une attention religieuse de l'auditoire, en particulier de sa voisine qui le présenta à Alexandre comme le membre fondateur et président de Vent de Colère.

La plupart des hommes et des femmes qui constituaient le cénacle avaient largement dépassé la soixantaine. Nombre d'entre eux arboraient des vêtements d'hiver vendus dans les grandes enseignes de magasins de sport – polaire, pantalon modulable en polyamide et chaussures de randonnée. Un examen circulaire suggérait par quelques détails – pâleur des visages, entretien des silhouettes, position droite et ferme des corps – l'absence de ruralité des origines, retraités ou résidents secondaires pour la plupart.

Au terme de son exposé consacré au rappel des droits en matière d'opposition à l'hystérie éolienne, Christophe, ainsi qu'il se prénommait, proposa un rapide inventaire des dossiers en cours. Le parc était menacé, voire déjà en partie défiguré, sur pas moins de cinq sites. Tour à tour, les délégués responsables furent invités à rendre compte de l'évolution de chacun des projets ainsi que de la nature des actions entreprises. Effet du hasard, les exposés gagnaient en intensité dramatique au fur et à mesure de leur présentation. D'une simple menace d'implantation d'un mât d'étude pour le premier, on glissa vers une décision préfectorale défavorable pour le second et ainsi de suite jusqu'au cinquième, présenté par le voisin barbu d'Alexandre qui annonça d'une voix solennelle l'érection de la première éolienne dans le massif de la Bécasse, prélude à celle des cinq suivantes dont l'acheminement par camion en provenance de Bulgarie était en cours.

Les exposés ressemblaient à certains égards aux confessions des membres d'une association de cancéreux égrenant à tour de rôle le degré de progression de leur maladie, tumeur *in situ* pour les uns, envahissement des parois pour d'autres, métastases pour certains, degré de résistance aux chimiothérapies comme l'attestait l'épuisement des recours adressés aux mairies, au département, à la préfecture et même au ministère. Des soins palliatifs en quelque sorte à ce stade où l'on prescrivait surtout des mesures de confort, rédigées d'une lettre type par un vague conseil du ministre de la Transition écologique. Les mines étaient sombres et le silence qui suivit cette dernière intervention fut accompagné par des soupirs de désolation. Alexandre crut même percevoir un ou deux râles inarticulés semblables à des gémissements.

Ce fut Christophe qui interrompit cette séquence de détresse collective par un rappel à la mobilisation, une sommation à ne jamais renoncer, éclairant ici et là les points positifs, relatant les victoires d'hier et les espoirs de demain, avant de proposer à Alexandre de s'exprimer à son tour. Celui-ci, mal préparé, se lança dans un récit décousu sur la situation du projet de Saint-Aman, dissimulant son manque de connaissance des aspects techniques du dossier par des effets de style, *pollution des perspectives*, *cupidité municipale*, *apathie des habitants de Saint-Aman*... L'aspect formel de son exposé eut l'air d'être apprécié par l'assemblée ainsi qu'en attestaient des hochements de tête et commentaires complices, l'incitant à en friser encore davantage le style – Blizzard, *ce petit Richard III de Saint-Aman*, le village lui-même bientôt réduit à l'invisible par *ces tridents de fer*... Mais il fut sèchement interrompu par Christophe. Les éoliennes n'étaient pas en fer, mais en fibre de carbone et pour le reste, la plainte isolée, le ressentiment en solitaire étaient voués à l'impuissance. On était informé du dossier de Saint-Aman à Vent de Colère et pour tout dire un peu étonné par la faiblesse de la mobilisation locale, le peu d'entrain au combat des habitants du village.

Tel un soldat que l'on équipe pour le front, Alexandre reçut donc, en aparté, de Christophe et de Sylvie, trésorière de l'association, ses ordres de mission : affiches à coller, site internet à diffuser, rassemblement à organiser au pied du mât, et autres suggestions plus ou moins récréatives, apéritifs citoyens, soirée musicale, bref, tout le panel des actions rassemblées dans la triade *information, diffusion, contestation*, le cœur de mission, le champ d'expertise de Vent de Colère ainsi que, bien entendu, sa cotisation à honorer.

– Expertise mon cul, entendit-il derrière son dos sur le parking attenant à l'école tandis qu'il regagnait son véhicule, bulletin d'adhésion en main.

Alexandre, se retournant, aperçut un homme qu'il n'avait pas remarqué dans la salle de réunion. La quarantaine, le crâne entièrement rasé, des traits anguleux et la musculature sèche moulée dans un treillis, une allure en contraste avec celle du reste de l'assistance. De l'échancrure de son pull ras de cou s'échappaient les bords d'un tatouage multicolore dont Alexandre éprouva des difficultés à définir s'il s'agissait de l'extrémité d'une aile d'oiseau, d'un dragon ou d'une chevelure de femme.

– Pardon ?

– Je dis expertise mon cul !

Cette formule, répétée du même ton monotone, semblait n'offrir aucune prise au commentaire, encore moins à la contradiction. Alexandre s'interrogea sur les intentions de l'homme au treillis qui observait d'un air dubitatif sa Clio dont les portières commençaient à se couvrir d'une sorte de mousse vert prairie, conférant vaguement au véhicule des allures de prototype écologique. Il s'approcha néanmoins et lui tendit une main hésitante dont l'homme se saisit avec fermeté, exerçant sur ses second et cinquième métacarpiens une pression désagréable, comme s'il avait voulu les rapprocher, empiler les uns sur les autres les osselets qui en composaient l'armature.

– Kevin Frappier, se présenta-t-il, un nom dont la sonorité s'accordait en tout point à la douleur résiduelle qu'Alexandre éprouvait encore une bonne minute après avoir été libéré de cette effusion virile.

Sans attendre que son interlocuteur se présente à son tour, il poursuivit son monologue tout en fuyant le regard d'Alexandre. Des propos tout en interjections, morceaux de phrases, courtes et définitives, sans liaison les unes avec les autres, n'offrant aucune possibilité à Alexandre d'y accrocher l'ébauche d'un commentaire et encore moins d'une réponse, de jeter les bases fondatrices d'un dialogue : *baratin écologique*, *gémissements associatifs*, *jactance préfectorale*, *bobards ministériels*, *enculage électoral*, des mots qui ressemblaient à ces appâts sanglants que l'on jette par-dessus bord au cours de la pêche au gros. Quant aux qualificatifs utilisés pour désigner les protagonistes, *ces enfoirés du parc*, *ces raclures d'UberWind*, tous *ces pourris de conseillers municipaux*, ils témoignaient d'une même méfiance que celle exprimée à l'égard des institutions qu'ils représentaient ou des agissements sournois qui en découlaient. Pour finir, ces réunions organisées par Vent de Colère possédaient aux yeux de Kevin Frappier les sonorités d'un requiem, des allures de funérailles, au point qu'il se proposait de le rebaptiser en « Morvent au cimetière », mieux approprié aux destinées funestes de leurs misérables combats.

Quelques ressentiments plus tard, Alexandre fut informé des origines de la hargne farouche que son interlocuteur vouait aux éoliennes : l'escroquerie écologique, la bassesse d'un vil produit financier, certes, mais surtout l'enfouissement imminent et à moins de trois kilomètres de la Crotte-aux-Daims – le hameau où il résidait – de trois tonnes de béton qui s'en iraient non seulement pourrir les sols durant des siècles, mais aussi bientôt son horizon, défiguré par ces six verrues palmées hautes comme les deux tiers de la tour Eiffel, un sacré paquet de merde à ciel ouvert. Alexandre fut parcouru d'un léger frisson.

– La Crotte, tu vois où c'est ?

Alexandre ne voyait pas. Kevin y habitait depuis dix ans. C'était la maison de sa tante. Un endroit perdu au point que son ex-femme et ses deux filles n'avaient pas supporté. Il voyait ces dernières la moitié des vacances scolaires. Ensemble ils allaient aux cèpes, ou se baigner dans la Cure l'été. Il avait travaillé comme maître-chien un temps à Dijon, mais maintenant possédait sa propre entreprise d'élevage de beaucerons à la Crotte.

– Le beauceron, tu connais ?

Alexandre ne connaissait pas. C'était un chien de berger du coin, lui expliqua Kevin, enfin pas du coin à l'origine, plutôt de la Beauce, mais les éleveurs de charolaises l'appréciaient. Fidèle, docile et dur à la tâche à condition d'avoir été éduqué d'une main de maître. Comme les gonzesses.

– Les gonzesses, tu connais ?

Kevin planta pour la première fois son regard dans celui d'Alexandre, guettant un sourire complice auquel ce dernier, dans un élan de mimétisme, ne put se soustraire, une sorte de rictus forcé et un peu ahuri, mais qui parut satisfaire son interlocuteur.

Alexandre profita de cet instant de détente pour s'éloigner de quelques mètres en marche arrière, l'annonce d'un mouvement de départ accompagné d'un prétexte fumeux, un rendez-vous *chaudière*. Ils se saluèrent à distance et Kevin se dirigea vers un pick-up Ford blanc sale.

Seul à son bureau en cette fin d'après-midi, Alexandre achevait de remplir son bulletin d'adhésion à Vent de Colère. Il mettait par ce geste un terme à des années d'abstention de toute forme d'engagement, d'adhésion, de pétition, de manifestation et même de cotisation en dehors de celle allouée à l'IRCEC, la caisse de retraite des artistes auteurs. Il peinait même à se souvenir de sa dernière participation à une élection. Un repli total de tout intérêt pour la vie publique qui datait du jour où il avait pris conscience que les dirigeants politiques ou ceux qui aspiraient à le devenir étaient pour la plupart plus jeunes que lui d'une dizaine voire d'une vingtaine d'années. Des trentenaires outrecuidants qui lui procuraient la sensation d'être le résident d'une gigantesque garderie où l'âge des marmots et celui de leur surveillant se seraient inversés, d'où s'effaçait en somme cette verticalité à travers laquelle il avait longtemps considéré ses représentants, lui en bas, eux en haut, ces vieux pachydermes dont les vices étaient atténués par la distance qui les séparait.

Il lui semblait retrouver dans sa lutte contre ce projet inique sa détermination à s'opposer par tous les moyens aux aspirations de cette nouvelle humanité radieuse qui épandait la laideur comme d'autres le glyphosate, l'énergie de l'éphémère militant qu'il avait été entre dix-neuf et vingt et un ans au sein d'un tout aussi éphémère groupuscule anticapitaliste. La sensation physique de tenir entre ses doigts, à portée de fenêtre, à quelques centaines de mètres de chez lui le destin d'une certaine vision du monde, de pouvoir en modifier le cours, d'opposer la sienne, là où partout son regard, sa culture, sa sensibilité se trouvaient bafoués, dissous par cette modernité hideuse.

La nuit suivante, Alexandre fit un rêve ou plutôt eut une sorte de vision semi-consciente, un point fixe autour duquel défilaient des images diffluentes, un songe de fièvre, tournant comme un manège de foire. Sa longère, isolée au milieu des friches qui s'étendaient à perte de vue, la terre, la terre comme une gigantesque croûte, hérissée par intervalles géométriques d'éoliennes hurlantes qui projetaient leurs ombres mouvantes sur les troncs abattus. Lui, seul chez lui, dernier élément organique de cette dévastation centripète, entouré d'un mince rideau de feuillus dont les engins venaient lécher les pieds comme les flammes d'un incendie, tandis qu'une terrible odeur de térébenthine se répandait dans l'air. Il attendait d'être à son tour avalé, recyclé en une fibre quelconque, dérivé en objet de haute technologie.

Au réveil, il s'interrogea. À quoi était-il prêt à renoncer pour éviter un tel désastre ? La réponse était simple : à tout. Il était prêt à renoncer à tout. Il pouvait écrire à la main, moudre lui-même son café, se déplacer à pied, enterrer son smartphone. Sans parler du reste. Il était prêt à renoncer à la conquête de l'espace par exemple, renoncer à la contemplation ahurie de ces surfaces de régolite ocre, ces blocs de pierre et ces étendues de sable qu'envoyaient les robots de la surface de Mars et bientôt de Saturne, de Mercure. Toujours cette même désolation uniforme à laquelle la surface du parc finirait par ressembler. Qu'avait-il à faire de ces images saturées par l'oxyde de fer ? En quoi le concernaient-elles ? En quoi étaient-elles susceptibles d'accroître son bien-être, de participer d'une façon ou d'une autre à l'amélioration du court séjour qu'il passait sur cette planète ? Qui oserait un jour dresser un bilan, évaluer ce dont toute cette technologie le privait, ce qu'elle soustrayait à son équilibre intime, son droit à l'oubli, l'errance, l'égarement que lui ôtaient satellites et moteurs de recherche.

Malgré le froid de cette fin d'automne, il sortit en pyjama. Au-delà de la petite cour au sol gravillonné, la forêt était encore là, debout, les résineux indifférents à la mue automnale de leurs voisins. En contrebas, dans le champ qu'il louait à Jean, il aperçut le franches-montagnes. C'était un hongre bai de taille moyenne d'environ vingt-cinq ans qui, à l'instar d'Alexandre, ne faisait plus grand-chose, se limitant en cette saison à gratter les pousses de trèfle en attendant le retour de l'herbe grasse du printemps. Son encolure était courte et solide formant avec la tête un angle presque droit. Il avait le poitrail large, témoin de ses aptitudes d'origine pour le trait léger. Il portait sur le front une marque de poils blancs en forme de croix latine qui renforçait l'empathie de son regard, en accentuait l'expression triste et lucide. Pourtant, en dépit de cette allure engageante, le franches-montagnes lui en avait fait voir.

Alexandre l'avait acquis peu de temps après la longère. Un achat qui avait surpris Fanny, puis le propriétaire de l'animal et enfin l'animal lui-même pour la raison simple qu'Alexandre ne savait pas monter à cheval ou presque, en dehors de quelques leçons prises dans son plus jeune âge. Mais dans l'album de ses désirs, dans la liste des utopies contiguës à son statut de propriétaire terrien figurait, au même titre que la tenue d'un jardin potager, la collecte des champignons ou les feux de cheminée autour d'une soupe aux lardons, la pratique en solitaire de l'équitation dans les forêts brumeuses du parc du Morvan. Il avait installé le franches-montagnes dans un pré qui descendait en pente douce vers le ru du Boisseau et, l'hiver, Jean l'approvisionnait en foin.

Les premiers samedis, par tous les temps, il conduisait le cheval dans la cour et procédait à un pansage sommaire avant de seller, sangler et brider l'animal dans un ordre aléatoire. De ces gestes mal assurés, le franches-montagnes déduisit par instinct d'abord puis par expérience qu'il se trouvait engagé dans une aventure périlleuse et portait au cavalier une attention fébrile, redoutant une agression derrière chaque mouvement. Homme et bête se trouvaient ainsi unis dans un même sentiment d'insécurité obligeant l'un à prendre un ton de voix faussement assuré – *calme, oh calme* – et l'autre un air obtus, le regard fixe, la posture figée, feignant l'indifférence tandis que lentement ses oreilles basculaient de l'avant vers l'arrière, un signe indéniable d'irritation malgré les injonctions anxieuses d'Alexandre à la quiétude, une incitation paradoxale en quelque sorte, non sans rappeler le concept de *double contrainte* théorisé par le psychologue Gregory Bateson.

Lors de leur bref face-à-face, le franches-montagnes se livrait parfois à un mouvement de balancement de l'encolure de droite à gauche accompagné d'un grincement des incisives, autant de signes qui rappelaient à Alexandre les manifestations d'exaspération de son père lors de certaines de leurs entrevues, engendrées par un bulletin scolaire médiocre ou la découverte d'un mensonge, la révélation d'une imposture.

Leurs sorties en forêt se déroulaient dans le parfait prolongement de cette laborieuse entrée en matière. Si l'on avait souhaité résumer d'un seul mot le trait principal et récurrent de leurs premières randonnées, quels que soient la direction empruntée, le sentier parcouru, le bois traversé, sans doute aurait-on choisi celui de leur brièveté. Court en effet était le laps de temps séparant l'instant où Alexandre partait en saluant Fanny de la main avec une nonchalance empruntée et celui où l'on voyait de la ferme des Bouchots revenir le franches-montagnes au galop, fumant et moussant, la selle à demi inclinée, délestée de son occupant, à la barrière de son pré où il attendait en ruminant que l'on consente à l'entrouvrir.

Entre ces deux événements se déroulait une chorégraphie invariable au cours de laquelle, après quelques minutes de marche au pas, Alexandre forçait l'allure ou plutôt incitait son cheval à prendre le trot, un rythme qui ne semblait pas convenir au franches-montagnes puisque aussitôt il y ajoutait un troisième temps, baissait l'encolure afin d'échapper à la traction des rênes, sourd aux commandements de son maître, insensible aux *Oh !* comme aux anglicismes – *Wow !* – et encore davantage à des interrogations plus existentielles – *Qui c'est qui commande ?…*

Imperméable à ces commandements, l'animal cherchait plutôt l'occasion la plus propice, la mieux étayée par les accidents du terrain – flaque d'eau, branche couchée sur le sol ou simplement percée d'un rai de lumière sur une pierre –, pour feindre la panique par un arrêt brutal associé à un mouvement d'écart qui immanquablement désarçonnait Alexandre et le projetait à terre. Il continuait sa course, mais presque toujours marquait, après quelques mètres, un ralentissement tout en inclinant la tête de manière à intégrer Alexandre dans son champ de vision. Ce dernier, malgré sa colère, croyait percevoir dans le geste de l'animal la marque d'une certaine attention, une sorte d'inquisition de sa part visant à s'assurer que malgré ses facéties, son maître était toujours vivant, à moins que le cheval n'eût seulement par ce geste vérifié qu'il n'était pas poursuivi.

On organisa au début des battues pour retrouver Alexandre, puis on s'habitua à le voir traverser à pied le hameau des Bouchots en claudiquant et en se tenant la hanche. Pour Jean qui n'aimait pas les chevaux, des bêtes inutiles et capricieuses, le sens de cet acharnement était insaisissable, mais peu à peu, comme pour Fanny et d'autres habitants du village, cette chorégraphie de fin de semaine lui devint familière tout comme il avait pris l'habitude de voir rentrer en titubant tous les samedis soir le Naullau, son voisin charpentier rongé par le sauvignon, ou d'entendre Huguette, sa vieille tante, converser avec son jars.

Un jour pourtant, après une année d'échecs, se produisit un événement qui devait bouleverser la nature et surtout la durée de ces randonnées équestres. Rocky, le berger malinois de Jean qui appréciait Alexandre pour ses caresses et le gras de jambon dont il le gavait à chacune de leurs entrevues, assista aux préparatifs du cavalier. C'était une bête à la robe fauve, au train arrière creusé, d'un poil sombre de la gueule jusqu'aux oreilles comme s'il était masqué, qui lui donnaient un aspect lupoïde. Le chien, sans doute guidé par ses instincts de gardien à préserver l'unité d'un troupeau, se planta face au cheval et lui aboya rudement à la face durant de longues minutes. Quand l'homme et sa monture furent prêts, le premier provisoirement sur le second, le chien, hors de toute sollicitation, prit l'initiative de les accompagner en les devançant de quelques pas. De temps en temps, il marquait une halte, se retournait et adressait au franches-montagnes un jappement de rappel. Quelle que soit l'allure, le chien conservait la tête et décidait des directions empruntées. L'effet produit sur le cheval et par conséquent sur Alexandre fut immédiat. Le premier répondait au rythme et aux déplacements imposés par le berger malinois et le second éprouva une inédite sensation de relâchement et même à certains égards de bercement, comme s'il était installé dans le wagon de tête d'une rame tractée par une puissante locomotive. Tout alors changea. Jean consentit à prêter son chien – qui ne demandait pas mieux – à Alexandre (à moins que ce ne soit au cheval) et ce fut alors une suite de chevauchées merveilleuses alternant avec de longues flâneries au pas selon les humeurs de Rocky. L'été, le trio randonnait parfois jusqu'à la tombée du jour, uni selon un ordre naturel immuable, l'herbivore soumis au carnivore tandis que l'homme, au sommet de l'édifice alimentaire et législatif, jouissait malgré son statut usurpé de cette sérénité nouvelle et pour tout dire inespérée. Entre les trois circulait un flux mystérieux qui les apaisait et les faisait goûter avec la même satisfaction aux parfums orangés des résineux, aux sifflements des bouvreuils pivoines, à la soie du lichen, la fraîcheur de l'eau des rus, tous baignant dans la même quiétude.

Un jour, Rocky mourut. Jean le trouva étendu un matin près de ses hangars et il l'enterra dans un champ. Homme et cheval conservèrent longtemps un souvenir puissant, mélange de gratitude et de respect, pour celui qui sut mieux que quiconque tempérer leur relation tumultueuse. Le franches-montagnes, sans doute en mémoire du berger malinois, laissa Alexandre le monter paisiblement jusqu'à sa mise en retraite, tandis que l'ombre du chien flottait au-dessus de leurs têtes. Mais le cœur y était moins. La présence fauve et rassurante leur manquait, une bête puissante qui les protégeait d'eux-mêmes et des autres, prête à en découdre avec n'importe quel danger même si les forêts du Morvan n'en comptaient guère. Depuis qu'il ne chevauchait plus, un lien tendre s'était établi entre les deux survivants. Chaque matin, Alexandre lui portait une pomme ou un morceau de pain dur. Le franches-montagnes restait immobile, les naseaux collés contre les joues de son maître, lui exhalant à la face son souffle tiède aux parfums de vanille.

Alexandre eut froid. La longère, construite sur un plateau au pied du bois de Mont, était exposée aux vents d'est. Les fins de novembre recouvraient de gris le fond des prairies et des masses de vapeur ensevelissaient la vallée en contrebas. La robe baie du franches-montagnes commençait à s'épaissir d'un sous-poil dense qui bientôt lui donnerait des airs de poney islandais, de quoi résister aux températures hivernales.

La réunion exceptionnelle, qualifiée de crise dans le titre du mail qu'avait reçu Alexandre du président de Vent de Colère, bouleversait le rythme trimestriel. Et pour cause : les conclusions de l'enquête publique conduite auprès des habitants de Saint-Clery ayant trait à l'obtention d'un permis de construire d'un parc de six éoliennes étaient à plus d'un titre considérées par l'association comme irrecevables. Entre autres bévues, le commissaire enquêteur, dont la réputation était déjà entachée d'un soupçon de corruption, s'était borné à recueillir l'avis d'une dizaine de volontaires, tous favorables au projet. Un scandale dénoncé par la voix de Me Jérôme Houdin, avocat spécialiste du droit de l'environnement et sollicité par le comité de direction de l'association. Néanmoins, en raison des frais inhérents à la procédure en cours et des tarifs pratiqués par Me Houdin, un appel de fonds exceptionnel...

– Ça recommence...

Par sa voix de stentor, marquée par le tabac autant que par le style, l'assemblée avait aussitôt repéré la source, comme le bruit familier d'une vieille chaudière.

– Kevin, tu peux me laisser terminer, s'il te plaît, merci !

– La suite, on la connaît. On va encore truffer la rondelle de Houdin et en échange il va nous pondre une gentille lettre de protestation. Ils doivent péter de trouille chez Uber Wind avec leurs milliards et leur armée de baveux ! Ils tremblent, les chleuhs ! *Achtung* v'là Houdin ! Il est chargé pour au moins trois heures, comme le lapin Duracell ! Après faut remettre du pognon...

– Je crois qu'on a compris, Kevin !

En fin de réunion, on sollicita Alexandre pour un débriefing sur la mobilisation locale contre le projet de Saint-Aman. Il fit un résumé succinct des différentes actions entreprises au cours des dernières semaines : affichage à la mairie du flyer de l'association (arraché le lendemain), et surtout meeting organisé dans sa grange le premier samedi de décembre qui, outre Jean et Martine, avait réuni deux anciens conseillers municipaux d'opposition, dont Pierre Marchetti, électricien, et son épouse, ainsi qu'un couple de cadres d'EDF à la retraite. En dépit de son entrevue avec le moine intendant de l'abbaye de la Pierre-Vive dont les résidents représentaient un quart des votants de Saint-Aman, aucun d'entre eux ne s'était déplacé. « Les préliminaires peuvent s'avérer frustrants, lui opposa Christophe, mais qui ne viole pas les consciences ne leur fait pas d'enfant ! » Combattre l'apathie et l'ignorance requerrait un peu de persévérance, la machine était lancée et c'était bien là l'essentiel, avait-il ajouté.

Un peu plus tard, au café de La Roche-en-Rénier, Kevin livrait à Alexandre une analyse plus contrastée. Les cons restaient des cons. Et c'était par le prisme de cette tautologie que pullulaient les éoliennes dans des régions peuplées de cul-terreux et de claques-dents. Un impôt sur la misère en quelque sorte. « Sûr qu'on n'irait pas les planter au cap Ferret ou à Saint-Tropèze ces saloperies », avait ajouté Kevin en guise de contraposition. « Elles poussaient mieux dans les espaces vides », avait-il conclu en indiquant l'emplacement de son cerveau.

Alexandre tenta de nuancer les propos de Kevin, mais ses arguments trop légers, sa diction trop molle et ses métaphores trop ternes s'écrasaient contre ceux et celles de son interlocuteur au point qu'au terme de la troisième pression commença à pointer comme seule et unique évidence la morale brute énoncée par Kevin, à savoir qu'on n'attrapait pas des mouches avec du vinaigre et encore moins des requins avec du Ketchup. En clair, Vent de Colère et Uber Wind ne boxaient pas dans la même catégorie et les menaces lancées par les premiers, *ces bombes à fragmentation différée*, ainsi que les qualifiait Christophe, possédaient pour les seconds la virulence d'un Apéricube saveur chèvre, fin du chapitre.

S'ensuivit un long silence qui paraissait sceller l'aveu d'impuissance des deux hommes avant que Kevin n'exprime un regret, d'un ton désolé d'abord, mais qui, à mesure de sa confession, gagnait en conviction pour terminer sa course en utopie triomphante, comme seul l'usage du futur antérieur le permet, en particulier chez les enfants, ou les grands alcooliques : celui de n'avoir pas détruit de ses propres mains ce mât de mesure qu'on avait installé l'an passé en face de chez lui. Il aurait pris un sacré pied à foutre en l'air ce concentré de technologie à 150 000 euros l'unité au bas mot, à le réduire en un tas de ferraille avant de finir le travail à la masse, exploser les microcapteurs, pulvériser les caméras… Kevin était tout entier dans l'action de son récit tel un boxeur au vestiaire répétant ses coups, se déchaînant contre un anémomètre, dissipant sa rage contre un capteur solaire. Sans parler de la finalité :

les rares fois où ça s'était produit, le projet avait été mis au rebut et on n'en avait plus entendu parler. Par crainte de ternir l'image « écolo friendly » des marchands d'éolien ou de déclencher une spirale insurrectionnelle, va savoir !

Alexandre avait écouté Kevin en rêvant, les images portées par son récit trouvant chez lui un relais stimulant qui en démultipliait la brillance. Il eut la vision de la butte de Thil délivrée du mât, une hallucination qu'il étira dans toutes les dimensions du temps, l'avant, l'après, la chute du pylône, le fracas, Blizzard, au milieu des décombres, des morceaux de verre et de métal, son jouet brisé, sa rente confisquée. Blizzard convoqué par les bergers allemands d'Uber Wind pour n'avoir pas su protéger leur totem, et les mêmes Allemands contraints de quitter les lieux tandis que les chênes repoussaient sur le site comme de la misère sur une tombe… il voyait tout ça comme une projection en accéléré, étalée à la surface de son cortex.

– Nous, on a Houdin… !

Houdin… Dans l'état où se trouvait Alexandre, c'était comme proposer un comprimé d'Efferalgan à un héroïnomane, une évocation terne et plate qui le ramenait au plancher des vaches. Il éprouva un pincement au foie, comme le signe d'une perte, l'épreuve de la nostalgie, déjà. Un vrai handicap chez Alexandre qui avait toujours éprouvé une certaine inclination à se shooter l'imaginaire de quelques plans saturés de perfection, agencés miraculeusement au point qu'il éprouvait une véritable peine à reprendre pied dans la bonne version, toujours imparfaite, souvent hostile. Il y eut un silence pesant, les deux hommes gardèrent les yeux rivés sur leur verre de bière à l'intérieur duquel des alvéoles de mousse s'affaissaient lentement.

– C'est compliqué ?

– Compliqué quoi ?

– Pour le mât…

Alexandre n'avait pas levé son regard. Le silence qui s'ensuivit semblait marquer l'entrée dans un territoire nouveau, une zone de flou que la méconnaissance qu'ils avaient l'un de l'autre rendait plus hasardeuse encore.

– Ça dépend pour qui… Tu fais quoi comme taf? Je ne t'ai pas demandé.

Au terme du bref exposé qu'il fit de ses activités professionnelles, *son artisanat* à lui, ce *pacte mi-autobiographique, mi-romanesque* qu'il tentait de passer avec ses lecteurs, Alexandre nota dans le regard de Kevin une pointe de méfiance qui tranchait avec son aisance de tout à l'heure comme s'il s'était trouvé à proximité d'un animal aux intentions douteuses. Il ressentait ça avec certains chiens d'attaque, la possibilité d'une agression sournoise qui vous interdisait de vous relâcher et encore davantage de s'exposer à mains nues.

– Le mieux serait que tu t'adresses à des professionnels.

Face à l'incrédulité d'Alexandre, Kevin opposa qu'il existait des professionnels pour chaque chose. Des artisans aussi, mais d'une autre nature, qui sans être des spécialistes du produit possédaient un certain savoir-faire. Il connaissait des types qui pouvaient faire ça, peut-être, il fallait voir. Et bien entendu y mettre le prix... Mais c'était ça ou Houdin. Et dans six mois, dans un an, la mine déconfite de Christophe, l'épuisement des fonds de Vent de Colère et la vue des *éoliennes* devant ses fenêtres. Il ne pouvait que servir d'intermédiaire. On l'avait dans le viseur, avait-il précisé sans renseigner la nature et le motif de cette surveillance, une révélation inquiétante qu'Alexandre n'osa pas approfondir davantage. Il avait accompagné son propos d'un balancement de la tête, un mouvement de contestation molle et presque résignée, avant de se raviser, de vider le fond de son verre et de se lever avec empressement. Il fallait qu'il rentre nourrir les chiens.

La route qui ramenait Alexandre à Saint-Aman, une route sinueuse dépourvue d'éclairage hormis lors de la traversée des villages, se couvrait peu à peu d'un mélange hésitant de pluie et de neige qui rendait la surface du goudron hasardeuse pour la Clio. Alexandre songea qu'il était temps pour sa sécurité de changer de voiture. Faire l'acquisition d'un 4x4 lourd et puissant, monté sur des pneus larges et bien adhérents, avec une épaisse couche de tôle pour amortir les chocs, la sensation d'être sous la protection d'une grosse bête, robuste et bienveillante, tout le contraire de la Clio, si fluette, propice à fuir au moindre danger, à le laisser nu, comme un escargot sans coquille.

L'image du véhicule se superposait à celle de Kevin, une autre masse compacte et imperméable, un bloc d'homme. Il irradiait du personnage une odeur d'incendie. Des composés âcres et volatils, susceptibles de se déposer sur n'importe quelle surface comme la poussière d'une pierre volcanique. Le Morvan était rempli de types bizarres, des types qui ne tournaient pas rond, des psychopathes, des désaxés, des tueurs en série. Émile Louis, Michel Fourniret, Jean-Pierre Treiber, Ulrich Muenstermann, tous avaient plus ou moins grandi dans cette région, comme une terre stérile ayant engendré des monstres. On avait envoyé là au cours du siècle dernier et durant des années des orphelins de Paris et de ses environs. Une future main-d'œuvre pour s'occuper des fermes désertées par les pères, partis sur les routes ou affectés au flottage du bois vers la capitale. Ils avaient eu des enfants qui en avaient fabriqué à leur tour, mais sans doute devait-il circuler ici plus que nulle part ailleurs la rage folle des enfances brisées qui se transmettait comme chez d'autres la couleur de l'iris. Que savait-il de ce type aux allures de légionnaire, toujours en surchauffe, à la limite de l'ébullition et qui vivait seul dans une ferme, isolé de ses enfants, de sa femme, séparé d'eux par une zone de sécurité comme un bagage suspect abandonné dans une gare ? Rien ou presque. Il aurait dû s'en tenir à la même distance polie qu'entretenaient avec lui tous les autres membres de l'association. À Vent de Colère, Kevin était toléré, mais Alexandre sentait la méfiance, la peur des adhérents surtout lorsqu'il s'approchait d'eux ou prenait la parole. Pourtant, il éprouvait à son contact une chose étrange. Une sorte d'effervescence. Il avait déjà ressenti ça avec un élève de sa classe au collège, un garçon isolé, parlant peu, sale aussi, Philippe Bayet ; il se souvenait de son nom et ses traits épais. Indifférent aux menaces et sanctions, affichant vis-à-vis de toute injonction scolaire une résistance muette, son visage ne s'illuminait que lorsqu'il narrait ses exploits à la sortie des classes : forcer la serrure des voitures garées dans le quartier pour y dérober ce qu'il trouvait à l'intérieur, un peu d'argent, des CD, parfois un autoradio. Alexandre accordait à ces récits un intérêt particulier. Leur contenu transgressif sans doute, mais leur auteur aussi, l'odeur rance de ses vêtements, sa façon d'écraser la peur, son triomphe vulgaire sur le danger formaient un ensemble aussi répulsif qu'étrangement attirant. Philippe Bayet l'avait remarqué et lui avait un jour proposé de l'accompagner *pour faire la planque*. Alexandre avait accepté. Un accord fébrile, dissocié, un choix du corps ou des sens plutôt, incapable de s'opposer au reste. Alexandre n'avait rien oublié de cette première fois. La préparation, le nom de la rue, Olivier-Noyer, la marque de la voiture, une Peugeot 504, sa place à lui, l'attente, le bruit des passants, le son lointain d'une sirène, la sueur qui lui dégoulinait dans le dos, l'arrivée de Philippe Bayet jubilant, butin en main, un paquet de chewing-gums et un peu de monnaie. Il avait recommencé. Avec la répétition, la peur avait été recouverte par l'excitation. Il prenait des initiatives, repérait des rues tranquilles, des intérieurs de voitures bien garnis au point qu'à un certain moment la seule vue d'un véhicule en stationnement l'excitait, comme les images des revues pornographiques où s'éparpillait, découpé comme dans un puzzle, le corps des femmes. Il retrouvait ça avec Kevin, un type qui suintait la pulsion. Détruire le mât, forcer les serrures exhalaient la même odeur, celle des chiens, de la sueur, du tabac froid, si fortes et si irritantes qu'il éprouvait du plaisir en les respirant. Plus stimulantes en tous les cas que celles des parfums floraux, des relents boisés d'after-shave qu'exhalaient les membres de Vent de Colère, une odeur d'atermoiement, de conciliation et finalement de renoncement.

Rapprocher les sensations du passé et du présent, les mettre en résonance, octroyer à leurs entrelacs une place de choix, n'était-ce pas le sens même de son ambition, le sens de l'écriture ? Réduire la temporalité à cette condensation, une victoire sur le temps, sur la mort même et à cette occasion sur Blizzard et sur Uber Wind, avant que chacun ne retourne à ses univers respectifs, Kevin à ses chiens et lui à son clavier.

Alexandre approchait des premières lumières de Saint-Aman. À la fin du dernier virage apparut le balisage clignotant du mât dont le faisceau écarlate accentuait la pâleur de la lune. Lui seul peut-être avait la possibilité d'éteindre cette lumière afin de restituer à l'horizon son obscurité naturelle. Il lui suffisait pour cela d'actionner l'interrupteur.

Alexandre n'avait pas souhaité rejoindre Fanny à Paris pour les fêtes de Noël. Il avait passé le réveillon du 24 décembre seul face à son poste de télévision à regarder le grand bêtisier diffusé sur une chaîne du service public, se laissant malgré lui engourdir par les éclats de rire inopinés, les chutes de fauteuil ou les pannes de prompteur, puis celui du 31 avec Jean et Martine, couchés à 22 heures comme d'habitude chez les Colas. Fanny l'avait appelé peu après minuit, d'une soirée organisée par une collègue enseignant dans le même établissement. Sur FaceTime, le regard de sa compagne détourné vers un objectif inconnu, il avait remarqué l'ampleur de son maquillage et sa voix légèrement ébrieuse. Leur échange bref, empressé, *je t'aime, bonne année* avait fini de donner à cette soirée un caractère désolant. « *All in all, it's just another brick in the wall* » avait résonné dans sa tête.

Ils n'avaient pas fait l'amour depuis plusieurs semaines et les conséquences de cette abstinence prolongée avaient soudain inquiété Alexandre. Il avait consacré une partie de la nuit à l'élaboration de divers scénarios sur le déroulement de celle de Fanny. Vers 3 heures, il s'était fixé sur un synopsis crédible au cours duquel la jeune femme, fortement désinhibée par l'alcool, s'abandonnait à la drague appuyée d'un professeur d'éducation physique et sportive ou de technologie. Il ne parvenait pas à se décider sur ce dernier point, hésitant, en fonction de la discipline enseignée par son partenaire, entre un coït athlétique ou agrémenté par l'usage de divers sex-toys, mais toujours sur le même futon en fibre végétale, l'origine de ce détail demeurant énigmatique.

Quand Fanny était revenue à Saint-Aman ce premier vendredi soir de janvier, il l'avait reçue avec son menu préféré : entrecôte cuite au feu de bois et haricots verts frais, un dîner qu'il avait envisagé comme un préliminaire à la soirée qu'il attendait depuis cette nuit du 31 et son écho puissant, chargés d'images et d'hypothèses aussi éprouvantes que stimulantes.

Après le dîner, elle avait pris un certain temps avant de le rejoindre dans leur chambre à coucher. Alexandre reconnaissait les dispositions sexuelles de Fanny à sa tenue et avait constaté qu'elle portait ce soir-là une chemise de nuit simple en coton, en fait un long T-shirt bleu Klein qui lui descendait à mi-cuisses, un signe plus encourageant que si elle s'était présentée vêtue de son bas de pyjama informe couleur mangue, qu'elle associait souvent l'hiver à un gilet en laine torsadée vert amande, une sorte de tenue de camouflage, peu propice à toute stimulation érotique. Sitôt qu'elle fut allongée, il s'était approché d'elle avec délicatesse. Les commencements conditionnaient la suite. Une erreur, un geste trop brusque, un mauvais aiguillage dans ce réseau précaire et la liaison pouvait s'interrompre. Une réflexion à la pointe trop aiguisée pouvait creuser des ornières infranchissables, un seul mot même, bancal malgré ses allures anodines, fragiliser l'édifice jusqu'à son effondrement, comme la base branlante d'une tour de Lego. Le plus sage était de se concentrer sur une partie du corps de Fanny, d'éviter toutes les sources de dispersion, d'intrusion périlleuse. Ils parviendraient alors peut-être à redevenir des corps bruts, des chairs à vif, des humidités poisseuses, des peaux qui claquent, des odeurs fauves. Il l'avait caressée une minute à peine qu'elle lui demandait de la pénétrer, comme si de son désir, elle redoutait surtout la fuite. Elle avait d'ailleurs joui très vite, l'un de ces orgasmes qu'elle qualifiait souvent de furtifs et d'incomplets. Une étrange image d'avion sans ailes pour Alexandre, en tous les cas une véritable déception, bien en deçà de la proximité aiguë qu'il avait envisagée, et Fanny d'ailleurs avait témoigné davantage d'enthousiasme pour l'entrecôte et les haricots verts.

Elle avait aussitôt après revêtu son fameux gilet de laine torsadée et s'était calée contre un oreiller, un livre à la main, tandis qu'Alexandre, à l'autre extrémité du matelas *king size*, contemplait toute l'immensité de cet océan en coton écru qui les séparait, la couette formant entre eux une vague immobile qui divisait le lit en deux abîmes où leurs corps s'enfonçaient mollement. Un sentiment de tristesse l'envahit. Il ne se résignait pas à la perdre si tôt dans la soirée. Il aplatit la vague scélérate qui se dissipa en deux replis lointains. Il avait désormais son beau visage de profil en ligne de mire, sa chevelure brune qui lui barrait l'œil gauche et venait caresser l'angle formé par le front et le nez, un angle qu'elle avait particulièrement ouvert et qui donnait au nez l'impression qu'il était projeté et à ses traits celle d'un caractère déterminé et rigoureux.

Ces angles droits, ces lignes abruptes l'incitèrent à une narration détaillée des derniers événements, la menace éolienne qui rôdait, son adhésion à Vent de Colère, sa rencontre avec Kevin. Il lui dressa du maître-chien un portrait soigné, sorte de chimère mi-homme mi-canidé, sulfureux et magnétique. Les élans d'Alexandre ne surprenaient pas la jeune femme. Moins il écrivait et plus il compensait, dans l'oralité, des phrases qui fusaient en d'interminables arabesques dont les vibrations stylisées se dissipaient sitôt énoncées.

Fanny le félicita pour son engagement associatif et citoyen, cette implication inédite dans les destinées d'une entreprise extérieure à la sienne, l'encouragea même, mais Alexandre tempéra cet enthousiasme en reprenant à son compte les prévisions défaitistes de Kevin. Il évoqua les alternatives radicales proposées par ce dernier et l'intérêt qu'il leur portait. Cette dernière révélation fit brusquement réagir la jeune femme. Elle ferma son livre et se tourna vers lui, appuyée sur un coude, les traits durcis, à la limite de l'indignation. Cette délégation de tâche, cette sous-traitance de l'insurrection, cette ubérisation de la révolte en somme, la choquait au plus haut point et bien davantage encore que sa dimension transgressive. S'il devait s'engager dans une action radicale – une voie qu'elle n'aurait pas choisie –, il se devait d'en assumer lui-même les risques et les conséquences. Rétribuer des mercenaires pour achever un idéal la scandalisait. Une certaine conception de la dignité humaine exigeait que l'on choisisse la nature des combats que l'on pouvait mener, la lutte ou la résignation, quitte à en payer le prix par la sueur ou la soumission.

Voilà en résumé ce qu'elle lui déclara avant de rebasculer sur le dos.

Piqué au vif, Alexandre protesta. Sa pusillanimité n'était pas en jeu. Il ne craignait ni Blizzard ni les marchands d'éoliennes. Mais mettre à terre un mât de cent cinquante mètres soutenu par des câbles en acier était un exercice autrement plus complexe que de signer une pétition. Un handicap purement pratique et, d'après Kevin, presque insurmontable.

Ils demeurèrent suspendus à ce point de dissension technique, entre résistance des filins et des idéaux, avant que Fanny ne reprenne sa lecture et, quelques minutes plus tard, éteigne sa lampe de chevet, plongeant la chambre dans une obscurité totale et Alexandre dans un examen approfondi de leur conversation. Moins de son contenu d'ailleurs que des ondes corrosives qui continuaient à vibrer dans le silence opaque de la pièce, en déformaient la quiétude. Fanny lui avait exposé en pleine lumière toute la méfiance, la suspicion qu'elle nourrissait à son égard, dessinant de façon allusive par cette misérable anecdote le portrait d'un pleutre, d'un lâche, d'un individu griffu seulement par la parole, l'arme de tous les lymphatiques de son espèce. Tel était le fond de sa pensée, la véritable nature de l'ombre qu'elle projetait sur sa personne. Pourtant, il se sentait prêt à se lever, s'habiller pour aller quérir dans l'atelier une scie à métaux et, malgré la nuit glacée, à se rendre au sommet de la butte de Thil à la lueur d'une lampe torche pour sectionner les câbles de tension à mains nues. Il serait rentré fourbu au petit matin et lui aurait préparé un petit déjeuner fastueux, sans ostentation ni forfanterie, avec l'humilité taiseuse des hommes d'action. Un tel acte changerait-il quelque chose dans le regard de Fanny, à cette torsion de la bouche qui avait accompagné la qualification dédaigneuse de son projet d'ubérisation de la révolte ?

À moins qu'elle n'ait voulu, au travers de cet épisode, lui signifier d'autres rancœurs, d'autres ressentiments à l'égard de son manque de détermination, de son impuissance, non pas tant comme rebelle que comme écrivain, ou surtout géniteur. Car Fanny, depuis des années, lui réclamait un enfant, un enfant avant toute chose, avant un prix littéraire ou même un succès d'édition. Fanny qui, comme elle avait coutume de le lui dire, voyait s'écouler le temps dans le sablier de sa féminité, sa fécondité se disperser par l'étroit diaphragme de verre à l'intérieur duquel elle voyait rétrécir le bulbe supérieur avant son évidement défini, à l'opposé d'Alexandre dont l'existence avait des allures permanentes de salle d'attente.

Alexandre n'était pas opposé à l'idée d'avoir un enfant. Il avait seulement refusé de se soumettre aux examens médicaux requis par le spécialiste qu'ils avaient consulté afin de déterminer la raison pour laquelle Fanny, après des années d'essais infructueux, ne parvenait pas à tomber enceinte. Il se sentait incapable de supporter cette fouille à l'intérieur de son corps, de ses testicules, de son sperme, de ses gènes permettant d'identifier l'éventuel coupable de ces fiascos qui se répétaient de cycle en cycle, ce *toujours rien*, cette insistance du néant qui ponctuait chaque période fertile, comme un reflet potentiel de sa défectuosité. Il craignait de s'entendre signifier par l'un de ces techniciens de la procréation la présence d'une authentique incompatibilité entre ses gamètes et ceux de Fanny, une incapacité de leur part à se rencontrer, s'accoler l'une à l'autre, à fusionner ou, pis encore, que l'on découvre dans un tube à essai, entre deux lamelles de verre, la marque d'une répulsion, comme matière et antimatière, deux corps aux charges opposées. Il n'aurait pas pu le supporter, vivre aux côtés de Fanny avec cette vision d'eux-mêmes hébergeant chacun des particules vivantes qui répugnaient à interagir au point de se fuir ou même de s'anéantir, la plus fragile des deux exterminée par la plus robuste, la plus féroce ; ça lui était impossible. Il avait lu sur un site spécialisé que la glaire des femmes comportait parfois d'authentiques anticorps qui recouvraient la partie la plus vulnérable du spermatozoïde de leur partenaire dans le seul but de le détruire. Une fois la reconnaissance établie, l'anticorps, une sorte de gros Y incliné, adhérait au gamète par ses deux branches et commençait son lent travail de perforation. Alexandre imaginait la pulpe de son noyau se disloquer, se disperser dans l'acrosome, tandis que le flagelle se faisait moins mobile avant son agonie, ses spermatozoïdes décapités en quelque sorte par les anticorps de Fanny. C'était elle tout entière qu'il voyait concentrée dans cette tâche ignoble. Il lui aurait fallu continuer à dormir, à manger, à se promener en forêt, à lui faire l'amour avec cette vision, l'être qu'il aimait se livrant à ce combat à quelques centimètres de lui, au cœur même de sa matrice. Qui sait d'ailleurs si ces anticorps ne finiraient pas par diffuser, se répandre à l'intérieur de tout l'organisme de Fanny, dans chacune de ses sécrétions – sang, larmes, sueur, salive –, au point qu'elle manifesterait bientôt des signes d'intolérance lors d'un baiser, voire au simple contact de leurs épidermes. Un jour, ce serait ses mots à lui – à moins que ce jour ne soit déjà arrivé –, sa parole, ses écrits qui constitueraient les cibles. Les anticorps, ces javelots bifides, deviendraient volatils, expirés dans le souffle de Fanny. Ils viendraient recouvrir les phrases, en anéantir le style comme ils neutralisaient ses spermatozoïdes, lui ôter toute capacité à *attendrir les étoiles*, comme le disait Flaubert. Un authentique rejet de tout son être.

La fin du week-end fut maussade dans une pâle

lumière de janvier, privé de la clarté d'un soleil d'hiver ou de celle d'une pellicule de neige, un ciel bas d'où suintait par intermittence une pluie froide qui creusait des tranchées de boue sur les chemins, une lueur maigre qui dès 16 heures virait du blême au gris sombre. Alexandre qui avait attendu Fanny avec une réelle impatience se sentait engourdi par ces semaines d'isolement, l'écho du rythme lent de ses journées. Le samedi soir, ils allèrent dîner à l'Auberge du Lac, un restaurant situé dans le village de Gercy. C'était une adresse simple où ils aimaient prendre leur repas près du bar plutôt que dans la grande salle où étaient servis sur des napperons saumon et dans une vaisselle lourde des menus régionaux. Près d'eux dînait seul tous les soirs le mari de la patronne, victime quelques années auparavant d'un accident vasculaire cérébral l'ayant laissé mutique et presque indifférent à tout ce qui l'entourait, hormis la nourriture pour laquelle il conservait une avidité féroce, une gloutonnerie intarissable. Alexandre ne se lassait pas d'observer le vieil homme ingurgiter des repas pantagruéliques, ne levant les yeux de son assiette que pour suivre du regard le ballet des plats qu'une serveuse déposait sous ses yeux affamés. Son visage lisse aux traits épais, rehaussé au cou d'une large serviette à carreaux, lui donnait des allures de vieil enfant roi. À une terrine en croûte succédaient souvent des œufs en meurette et un plat de crudités, puis venait la viande – *les* viandes, un bœuf bourguignon et parfois en saison une portion de lièvre. Le plateau de fromages restait longtemps immobilisé à sa table avant la ronde des desserts – tarte, glace, et corbeille de fruits. La physionomie de la patronne contrastait avec ses traits rustiques par un port de tête aristocratique, une chevelure grise retenue par un serre-tête de velours. Ils n'échangeaient aucun mot, aucun regard, et ils ne semblaient plus reliés l'un à l'autre que par le contenu des assiettes dont elle vérifiait avec application le parcours, de la cuisine jusqu'à l'estomac de son mari. Dans cet échange, songeait Alexandre, se trouvait concentré le résidu d'une relation dont il se plaisait à imaginer une certaine puissance charnelle. La tension qui les animait, l'application avec laquelle ils obéissaient à ce rituel conféraient à la scène la solennité d'un acte religieux, d'une communion intime au cours de laquelle ce qu'ils étaient ou avaient été l'un à l'autre retrouvait dans cet excès un ultime prolongement. Il lui semblait surtout voir palpiter dans chaque bouchée ce flux dont ils étaient Fanny et lui désormais privés malgré l'usage de tous leurs sens et leurs capacités, des handicapés plus infirmes que ces deux-là. Cette femme dont il avait perdu l'usage, il ne savait plus très bien à cet instant précis comment la *nourrir*.

En dépit de son manque d'entrain et de son peu d'activités, Alexandre n'avait pas vu passer l'hiver à moins que ce ne soit l'inverse, comme s'il n'était plus soumis qu'à des influences intérieures, à ses rythmes endogènes, indifférents aux aléas de ces journées brèves et grises, prises entre deux obscurités.

Il avait écrit puis supprimé les trois premières pages de deux projets de roman, des ébauches qu'il avait jugées médiocres et même insupportables, un reflet odieux au point qu'il s'était surtout préoccupé de leur disparition : éjection dans la corbeille du MacBook puis évidemment de cette dernière, une purge radicale de tous les résidus de sa prose. Un nettoyage qui pourtant ne l'assurait en rien de la destruction des textes puisqu'ils subsistaient quelque part, stockés sur son disque dur, réfractaires à cet anéantissement auquel aspirait son cerveau, à moins de procéder comme il l'avait appris à *l'écrasement* répété des fichiers, un acte qui s'apparentait moins à une sorte de piétinement rageur qu'au fait de les *noyer* sous de nouvelles données, un processus d'autant plus perturbant que, de nouvelles données, il était dépourvu. Alexandre songeait avec nostalgie à la tranquillité offerte par un feu de cheminée à l'écrivain du siècle passé, contemplant dans un nuage de carbone la combustion totale des feuillets indignes et de leur contenu, un acte aujourd'hui révolu.

Il s'était aussi rendu au cours du mois de janvier à deux réunions organisées par Vent de Colère, au cours desquelles et conformément aux prophéties de Kevin s'annonçaient sur plusieurs fronts les prodromes de la défaite. Les projets éoliens progressaient presque partout au point que les membres de l'association ne savaient plus sur lequel s'indigner avec le plus de force. La trésorerie s'anémiait, aspirée par les rapports de contre-expertise et les honoraires des cabinets de conseil. Il ressortit de ces réunions plus convaincu encore de l'infirmité du mouvement citoyen et avec elle du citoyen lui-même, dissous dans l'acidité gastrique de l'intestin d'Uber Wind. Il cherchait Kevin des yeux comme un agnostique, un viatique, s'accrochait à son regard ironique, ses interventions radicales et c'est nourri de cette complicité grandissante qu'il accepta son invitation à venir boire une bière chez lui ce premier vendredi de mars.

De bière, ils en burent en fait près d'une dizaine dans la cuisine de la ferme où résidait Kevin, sur un fond de heavy metal pulsé de façon intermittente par les aboiements des chiens. Le lieu se composait de trois corps de bâtiments dont l'habitation principale constituait la base d'un rectangle, ouvert sur un vaste enclos grillagé. Sur sa gauche, une grange était ouverte au ciel par l'effondrement d'une partie d'un toit d'ardoises, et à droite, ne subsistaient que les murs bas d'une ancienne soue à cochons couverte par endroits d'une pièce de zinc, sous laquelle s'entassaient pêle-mêle du matériel agricole, des vélos d'enfants, une poussette hors d'usage, le reste d'un poêle, quelques tuiles et des sacs de ciment.

La maison elle-même n'était constituée que d'un seul étage à fleur de toit, repérable à deux longues ouvertures étroites aux vitres opaques. Un crépi gris couvrait en partie les murs de granit. En pénétrant dans la ferme, bien avant la vue, c'était l'odorat qui se trouvait sollicité par un air humide auquel adhéraient des effluves mêlés de friture et de chien mouillé. La décoration intérieure révélait à quel point Kevin était surtout un homme d'extérieur, à moins que la limite entre les deux espaces n'ait été en partie effacée. L'intérieur paraissait ignorer cette loi des hommes qui établit entre les deux espaces une frontière au-delà de laquelle la boue, la terre, les graviers, les poils d'animaux, les chaînes de moto, les cadavres de bouteilles, les sacs-poubelle, les nids d'hirondelles et les toiles d'araignées se trouvaient exclus d'un voisinage immédiat avec un canapé d'angle aux bords élimés, un vaisselier, la toile cirée d'une table de cuisine, un sol aux dalles en partie fissurées. Un insert situé dans un renfoncement de la pièce attenante à la cuisine paraissait concentrer toute l'attention domestique de Kevin. Sa paroi vitrée était lustrée et sur le linteau de bois surplombant l'ancienne cheminée trônait un cadre de métal avec deux photos d'enfants, deux gamines blondes et joufflues, l'une au regard narquois, l'autre à la moue boudeuse. Entre les deux était exposée la peinture naïve d'un berger allemand en pleine course au milieu d'un champ de fleurs jaunes, colza ou tournesol.

– Tyson, indiqua Kevin.

Son chien, peint par son ex-épouse, tué lors d'une battue au sanglier par un chasseur ivre, deux ans auparavant, « un enculé » qu'en dépit des années il n'avait pas renoncé à flinguer quand l'occasion s'y prêterait. Il avait balancé cet aveu à Alexandre d'un ton neutre, une ambition simple et déterminée comme s'il avait exprimé sa détermination à dénicher une pièce détachée pour son pick-up.

Ils étaient sortis sur le perron profiter des derniers rayons de soleil. Au-delà du chenil, on apercevait une bordure de feuillus, nus en cette saison, qui marquait l'entrée nord de la forêt là où dans quelques mois, lui annonça Kevin, le paysage serait entièrement bouffé par six éoliennes, six enflures métalliques, une perspective qui donneraient la sensation d'être plantées dans son jardin.

Après les bières, Kevin lui avait proposé un pétard qu'ils fumèrent assis, appuyés contre le ciment froid du mur de la grange face à la cour, un quadrilatère de terre sèche couvert de toutes sortes de rebuts – canettes de bière, bidons d'essence éventrés, tuyaux d'arrosage comme les cadavres de grosses couleuvres creuses et immobiles.

Après quelques minutes, Alexandre avait éprouvé cette sensation paradoxale de relâchement du corps mêlée à un certain degré de tachypsychie. Ils étaient restés jusqu'à la tombée du soir à effleurer des sujets plus ou moins graves, un coq-à-l'âne attisé par l'herbe, cherchant l'accord parfait, le libéralisme triomphant, la fourberie des puissants, l'ordre du monde, en général, avant de digresser vers des objets plus concrets, dont ils pouvaient se saisir avec plus d'agilité. D'une analyse typologique des membres de Vent de Colère – Sylvie, la trésorière, qui en son temps avait dû offrir un certain potentiel érotique –, ils avaient glissé vers le corps des femmes, des corps qu'ils parcouraient de souvenirs ou d'intentions avec des empressements d'enfant, de haut en bas, échangeant des réminiscences crues, des images bariolées, des courbes, des angles, des rondeurs, des massifs proéminents, des grains de peau, des corps fragmentés en territoires de volupté que les mots délimitaient furtivement, délaissaient pour le suivant, la poitrine des adolescentes, une brève nomenclature des chattes, taxinomie des toisons, avant de retomber dans la poisse du Morvan qu'on souillait pour du fric, ah, les ordures...

– J'suis OK, avait soudain glissé Alexandre en se relevant comme s'il avait voulu illustrer un acte plus général, la figure d'un redressement de sa posture et du reste, l'expression d'une même volonté de remettre l'humain au sommet de sa destinée, un geste pour contempler de toute sa hauteur les acteurs méprisables de cette entreprise d'enlaidissement du monde.

– OK pour quoi ? avait demandé Kevin en se relevant lui aussi, la voix plâtreuse.

OK pour la lutte, le combat, la rupture du dialogue et des négociations avec tous ces guignols, impuissants ou véreux, et à la fin la rupture de ces trois câbles en acier qu'il était prêt à ronger avec ses dents s'il le fallait !

Un tel empressement obligea Kevin à un rappel à l'ordre, à la tempérance, même. Mais surtout à la méthode et la rigueur. Ce n'était pas parce qu'il s'agissait de démolir que l'on pouvait faire n'importe quoi. Tout autant que pour l'édification, il existait des règles formelles pour la destruction. Anéantir, certes, mais avec discipline. Sinon, c'était l'échec assuré, sans parler des conséquences. Deux ans de prison et un demi-million d'euros de dommages et intérêts au bas mot... ça méritait un minimum d'organisation. Et l'organisation, c'était son rayon. Choisir les exécutants d'abord, il avait des noms en tête. Il restait à les contacter, discuter des conditions, évaluer les garanties, les gages de discrétion, en bref, définir un *business plan*, ajouta Kevin satisfait par l'usage qu'il venait d'assigner à une formule qu'il utilisait rarement. Ces derniers mots en firent résonner un troisième dans le cerveau d'Alexandre. Sa participation active à l'action n'était pas négociable. Pas question pour lui d'*ubériser* quoi que ce soit, un point d'éthique que Kevin se refusa à discuter.

La lumière pâle de l'après-midi s'estompait et Alexandre déclina l'offre d'un second joint puis l'invitation de Kevin à rester pour le dîner. La dissipation abrupte des effets du pétard, mais surtout la perspective qu'il avait depuis la porte d'entrée sur la cuisine l'en dissuadaient, en particulier celle qu'il avait des assiettes empilées dans l'évier au sommet desquelles on apercevait, mêlés à l'orange d'un reste de bolognaise ou de cassoulet, quelques bulbes filamenteux d'un gris bleuté.

Kevin proposa avant son départ une visite du chenil séparé de la cour de ferme par un mur d'enceinte grillagé. À leur approche, les chiens se ruèrent vers la porte dans une polyphonie d'aboiements, de grognements, de gémissements, témoignant sans doute d'intentions différentes, mais que Kevin réduisit tous au même silence d'un seul mot. Un mot hurlé qui recouvrait les cris des bêtes et dont le sens premier échappa à Alexandre, un mélange entre le *stop* et le *ah*, un *staaah* prolongé qui leur fit aussitôt percevoir dans le silence total de la nuit naissante le chant flûté d'une chevêchette. Ils étaient une dizaine environ, massés à l'entrée, la tête basse comme pour saluer l'entrée d'un monarque. Outre quelques beaucerons, Alexandre remarqua deux ou trois chiens de taille inférieure au buste molossoïde, oreilles courtes et tombantes sur des gueules noires jusqu'à la base du museau, des gueules larges aux mâchoires puissantes, des gueules de tueurs à gages, songea Alexandre, prêtes à exécuter les pires contrats contre une pièce de viande saignante.

Comme s'il avait remarqué l'inquiétude de son hôte, Kevin lui précisa la nature de leur origine singulière, des spécimens à part, quasi clandestins, interdits à la reproduction, ses vices à lui, ses péchés mignons, ses faiblesses aussi, lui confessa-t-il d'un ton enfantin. Mais Alexandre n'avait rien à craindre en sa présence, ajouta-t-il en pénétrant dans l'enclos, tandis que les chiens, le regard fuyant, faisaient reculer la masse de leur thorax en direction de leur bassin, un tassement qui effaçait en partie leur déploiement musculeux. Ils s'approchèrent de leur maître chacun à son tour avant de s'éclipser discrètement, laissant la place au suivant, donnant à la scène les allures d'une bénédiction dont la seule liturgie se résumait à un « ça va » accordé d'un ton sec à chacun, mais agrémenté d'aucun geste, d'aucune effusion pas davantage de la part du maître que des animaux.

Tandis qu'il regagnait Saint-Aman, Alexandre fut saisi par l'odeur tenace qui diffusait dans l'habitacle de la Clio, incrustée dans l'acrylique, thésaurisée dans le coton de ses vêtements, un magma dans lequel étaient pris en masse les effluves qui un peu plus tôt saturaient l'air du salon et de la cuisine, Kevin, la ferme, l'urine, les chiens, la moisissure le poursuivaient encore lorsqu'il fut chez lui, l'obligeant à se déshabiller, à jeter l'ensemble de ses vêtements dans le ventre du lave-linge. Même nu, sa peau, ses mains, ses bras continuaient à exhaler les mêmes relents organiques. Ce ne fut que sous le filet d'eau tiède de la douche qu'ils finirent par s'estomper, dissous dans les fragrances violettes du savon de Marseille, ne lui en laissant que l'empreinte corticale. Un spectre qu'il convoqua à plusieurs reprises dans la soirée, retrouvant sa composition écœurante, et par cette distorsion, une capacité nouvelle à isoler chacun de ses composants d'origine, un grimoire complexe où l'acidulé de l'un, l'âcreté de l'autre restituent ses objets premiers, Kevin d'abord et la trace sulfureuse de leur entreprise commune.

Avec l'arrivée du printemps, Fanny revint plus régulièrement à Saint-Aman. Elle aimait ce prélude au cours duquel, en quelques jours et quelques nuits, tout changeait. Une transition fulgurante où les prés se paraient d'un vert semblable à la reproduction d'un cliché surexposé. L'herbage chargé d'azote rendait, paraît-il, les bêtes un peu folles et gonflait de sang les limaces, les feuillus se couvraient de petites mains frêles comme des éventails, partout la sève se pavanait. Les poils du franches-montagnes commençaient à tomber, donnant à sa robe par endroits les aspects d'une pelade. Fanny et Alexandre allaient dans la tourbe ramasser les premières jonquilles que la jeune femme disposait dans presque toutes les pièces de la maison mêlées à des branches de forsythia, comme pour insuffler aux lieux par ces balises dorées le parcours d'un renouveau.

Elle consacrait une partie de ses journées à l'entretien obstiné d'une étroite parcelle de terre retournée par Jean, son carré potager, un rectangle plutôt, de surface modeste – à peine deux mètres sur quatre –, situé dans le prolongement d'un pignon de la longère. Elle enfouissait graines et jeunes pousses avec application et donnait à Alexandre ses recommandations pour la semaine, taille, rythme d'arrosage, dépôt d'engrais, auxquelles il se pliait avec assiduité, déterminé à ne pas décevoir sa compagne qui guettait la germination, la croissance et plus tard l'éclosion de quelque chose de vivant, une dizaine de tomates, un potimarron ou une courge souvent difformes. Jean veillait avec bienveillance sur cette surface agricole aux proportions miniatures, comme une cuisinière une dînette et prodiguait au potager à l'insu d'Alexandre les attentions requises.

Sitôt Fanny partie dispenser son enseignement de la littérature des idées des XVIe et XVIIe siècles au collège Angela-Davis de Noisy-le-Grand, Alexandre se consacrait à l'activité qui occupait l'essentiel de ses pensées, l'élaboration du plan qui dans moins de deux semaines devait conduire à la chute du mât de mesure. Il rencontrait Kevin le plus souvent dans la forêt, évitant, selon les recommandations de ce dernier, toute communication susceptible de laisser des traces compromettantes. Le contact avec les prestataires avait été établi et l'on était tombé d'accord sur les conditions. Trois mille euros, le matériel en supplément. Kevin, qui souhaitait conserver leur anonymat pour la sécurité de tous, se borna à illustrer leur référence : la démolition en moins d'une nuit d'une résidence pavillonnaire illégitime – du moins aux yeux du commanditaire –, un précédent qui en disait plus qu'un long CV sur la capacité de ces individus à venir à bout d'un vulgaire pylône en métal. Des types réglo, avait conclu Kevin, pas du genre à se répandre, mais qui travaillaient seuls ou plutôt à trois et ne souhaitaient pas s'encombrer de la présence de quiconque le jour J.

Peu à peu, et à mesure que l'on progressait dans les détails contractuels, de la lente transmutation du concept à la chose en quelque sorte, se substituait aussi à l'excitation d'Alexandre une anxiété de plus en plus vive. Diverses projections naissaient et disparaissaient, des plus heureuses aux plus sombres, s'excluant pour la plupart ou compensant parfois une issue dramatique par un bénéfice artistique : les coupables aux arrêts, son identité révélée, mais en raison de sa notoriété, l'affaire ébruitée, diffusant bien au-delà de son cadre régional. *L'Yonne républicaine* dans un premier temps, à la rubrique consacrée aux événements de la vie locale : « Wisnievsky, résident de l'Auxerrois : héros ou vandale ? » avant la presse généraliste, *Libé* ou *Le Figaro*, une interview dont il anticipait les grandes lignes. « L'écriture implique d'être toujours hors la loi ! Elle entretient un rapport étroit avec la question de la limite, du dedans et du dehors, du cadre et du chaos, de l'assemblage et de la décomposition, de l'horizontal et du vertical, voyez Burroughs, Socrate et Jean Genet… » Son œuvre, qui sait, serait peut-être à cette occasion revisitée, ses livres réimprimés, Varenne rassuré. S'il allait en prison, il écrirait à l'instar du *De profundis* d'Oscar Wilde une longue lettre adressée au ministre de la Transition écologique : « Si j'allais en prison sans cette rage, que serait devenue mon âme… » Les ventes de ses livres sans doute lui permettraient de s'acquitter des dommages et intérêts à moins qu'une levée de fonds ne soit organisée par la profession. Dans un moment d'euphorie, il rehaussait son uchronie de quelques retentissements sociétaux, de retombées législatives, un *éveil* des consciences, un moratoire au-dessus duquel planait son patronyme comme celui de Jan Palach pour l'ancienne Tchécoslovaquie. Par son acte, il quittait cette vision quantique, moléculaire de lui-même et floue du reste du monde, réhabilitait non sans susciter l'étonnement le statut d'écrivain engagé, soldat sans armes combattant la hideur, portant son idéal esthétique au rang du devoir.

Mais le reste du temps, il était rongé par l'inquiétude, à la lisière de la panique, au bord du renoncement.

Sa dernière entrevue avec Kevin s'était *déroulée* à proximité du mât. En conformité avec les éléments du contrat, Alexandre lui avait remis la moitié de la somme prévue en coupures de 100 euros, prélevée sur son assurance-vie. Sur place, comme un filage avant la première d'une pièce de théâtre, Kevin avait résumé les quatre actes : arrivée une nuit de pleine lune ou presque afin d'éviter les lampes torches aisément repérables même à grande distance ; creusement d'une tranchée dans la terre autour de la plaque métallique d'ancrage ; découpage à la scie à métaux des six haubans de maintien ; et enfin installation d'un câble de traction. Durée totale du spectacle : un peu moins de trois heures avant l'apothéose, l'effondrement du mât de misère au milieu de la sapinière, une représentation unique dont il ne regrettait que l'absence de spectateurs.

Une semaine avant l'événement, Alexandre reçut un dernier SMS de Kevin, avant l'arrêt de toute communication, un simple message numérique, deux chiffres, *24*, l'indication, donc, du jour J ou plutôt de la nuit N à propos de laquelle son smartphone lui indiqua spontanément qu'elle correspondait à la nuit de la lune des fleurs, une phase lunaire propice à une belle clarté et contemporaine de l'éclosion, dans la région, des digitales pourpres, lui précisait l'appareil qui l'avait géolocalisé. Il s'empressa d'effacer le SMS selon les recommandations de son émissaire, avant de regretter son geste, la date mentionnée suscitant soudain une interrogation, nuit du 23 au 24 ou bien du 24 au 25 mai, privilégiant enfin la première des options pour une intervention prévue en milieu de nuit. Il traversa les soixante-douze heures suivantes dans un état d'extrême agitation que la compagnie de Fanny durant le week-end, loin d'adoucir, au contraire, renforça. Aux interrogations inquiètes de la jeune femme, il prétexta l'écriture d'un nouveau roman sur un thème dérangeant qu'il tenait à garder secret, un secret d'autant plus impénétrable qu'il n'en connaissait lui-même rien du contenu.

Dans la soirée du mardi 24, Alexandre Wisnievsky se posta au sommet de la butte de Thil qui offrait sur le faisceau lumineux du mât une vue imprenable à environ un kilomètre au sud. Durant plusieurs heures, il ne quitta pas des yeux le clignotement que la brillance du clair de lune teintait d'orange, guettant son dernier éclat, avant l'écho d'un fracas dans l'épaisseur de la forêt. Une scène semblable à la vaporisation en poussière cosmique d'une météorite et qui, en un instant, restituerait au paysage nocturne sa sombre monochromie. La lune projetait sur tout ce décor une lumière électrique. Alexandre remarqua que le disque volumineux était amputé d'un fin croissant, signe que sa plénitude n'était que pour le lendemain, une configuration qui sans doute expliquait qu'aucun événement ne se produisit cette nuit-là, l'incitant à regagner la longère, épuisé par la tension, irrité par la frustration, tandis qu'à l'est la frise pâle de l'aurore progressait.

Son sommeil fut bref, entrecoupé de quelques rêves furtifs, dont celui d'une femme qui s'avançait vers lui sur un chemin forestier. Elle portait un bouc, un treillis militaire et, posée sur sa chevelure ondulée, une couronne d'épines. Mi-femme, mi-Christ, mais dans la tenue de Kevin, ses deux mains sur les joues d'Alexandre, elle lui annonçait l'octroi imminent du prix Femina avant de reprendre sa route. À son réveil, il se précipita au sommet de la butte pour constater qu'aucun miracle ne s'était produit cette nuit-là. Le mât était en place, droit comme un I, comme une ultime provocation. Les images résiduelles de son rêve, empreintes d'un symbolisme naïf, peinaient à se dissiper. Ce Christ du troisième genre, ce Kevin aux traits messianiques, aux gestes miséricordieux et surtout son annonce prophétique se mêlèrent à l'amertume provoquée par la vision du mât.

La journée fut pénible. Au fil des heures, il tâcha de se convaincre des bienfaits de cet échec. Il laisserait le parc à Uber Wind, les forêts à Blizzard, vendrait la longère pour retourner à Paris avant de réintégrer l'enseignement facultaire. Il effectuerait aussi un spermogramme, une analyse de son génome s'il le fallait, mettrait dans sa nouvelle vie tous les ingrédients propices à la reconstruction de son couple, une perspective sans doute plus prometteuse que celle de la destruction du mât de mesure. Ce combat-là lui apparaissait soudain dans toute sa vacuité. La partie perdue d'avance. Quoi qu'il fasse, le monde n'était plus destiné qu'à devenir un vaste espace de tri sélectif et de production d'énergie décarbonée. Les caractéristiques de sa civilisation ne se mesuraient plus déjà qu'en degrés Celsius, en niveau d'érosion du littoral, de propagation des algues marines, d'épaisseur de banquise. Quant à la littérature, elle n'était plus qu'un acte de contrition, un geste de repentir pour toutes les souffrances infligées au monde. En milieu d'après-midi, il se sentait prêt à envoyer à Kevin un signal d'arrêt, un message définitif, un *Stop*, qui serait aussi le sien, plutôt une remise en mouvement de son existence figée. Pourtant, il n'en fit rien. Il laissa la journée défiler comme le paysage monotone observé par la fenêtre d'une rame de TGV quand le regard n'accroche rien, corps immobile dans le cadre mouvant des heures qui passaient, du soleil qui peu à peu plongeait vers les massifs de Thil, jusqu'au début de la soirée, celle qui précédait la nuit du 25 dont il prit la décision de ne rien attendre en avalant vers 20 heures un comprimé de Xanax.

Il n'y eut donc cette nuit-là que le franches-montagnes pour percevoir un peu avant minuit, et tandis que ses membres commençaient à fléchir, un son d'une éprouvante rugosité qui déchira le silence de cathédrale abrité par une voûte claire du ciel, un bruit de fureur et d'agonie mêlées, mais surtout un bruit de terreur pour le cheval qui le fit se déplacer à pas lents vers l'extrémité opposée du champ.

Alexandre dormit cette nuit-là d'un sommeil lourd, lesté par le somnifère. Aussi les bruits sourds de cognement qui retentissaient dans la maison eurent-ils du mal à se frayer un chemin jusqu'au décor bucolique d'un déjeuner sur l'herbe où se trouvaient réunis en cercle des visages familiers comme celui de Varenne. Ces sons, en dépit de leur véhémence, perturbaient à peine le déroulé de la scène. Pourtant, l'insistante répétition sonore finit par contraindre le rêveur à leur assigner une place. Ce fut d'abord un coup de masse, asséné sur le tronc d'un chêne par un inconnu, avant de se muer en coup de tonnerre, surgissant de partout, du fond de la terre comme du toit du ciel enfermé dans la boîte du songe. Effractées par ce vacarme, les visions oniriques se désintégraient peu à peu comme la pellicule endommagée d'un film en Super 8. Ne persistait que le bruit qui lentement faisait glisser le résidu de la scène champêtre à l'intérieur de la chambre dans laquelle le corps d'Alexandre prenait peu à peu conscience de lui-même et surtout de cette réalité de plus en plus tangible au sein de laquelle, au milieu de la nuit, quelqu'un frappait avec insistance, du pied ou du poing, le bois ou la paroi vitrée de la porte d'entrée du rez-de-chaussée.

Tandis qu'Alexandre songeait à la succession de gestes rationnels que la situation imposait – se lever, enfiler un pantalon sur son bas de pyjama, se déplacer jusqu'au Velux de la chambre qui donnait un accès visuel au perron, voire sortir de la pièce, descendre les escaliers jusqu'au salon –, son corps se trouvait engagé dans une attitude opposée, l'axe figé, les membres enraidis, ses doigts agrippant la couette qui le couvrait jusqu'à la base du cou comme s'il avait dû lutter contre une force extérieure ou l'assaut simultané de toutes ces injonctions. Quant à émettre un son, même le plus simple, il n'en était pas davantage capable tant sa cavité buccale lui semblait tapissée d'une pâte sèche, une croûte s'était formée aux commissures et en limitait l'ouverture. Car au fur et à mesure que se dissipait l'effet spongieux du somnifère, et que s'agrégeaient certains éléments contextuels – *nuit du 25, mât de mesure* –, commençait aussi à s'imposer dans son esprit la conviction qu'un événement imprévu s'était produit, un événement dont il ne pouvait toutefois qualifier la nature, péripétie, incident ou catastrophe comme le suggérait la fréquence de plus en plus soutenue des coups sur la porte. Une présomption anxiogène au point qu'il fut presque contraint, poussé par un instinct de protection, à en envisager une autre, plus réconfortante, presque douce : l'homme qui tambourinait comme un sauvage ne pouvait être que Kevin. S'il se pointait ainsi au milieu de la nuit, c'était dans un élan d'impatience puéril, afin de partager avec lui le spectacle de leur victoire : l'effondrement du mât, son effacement du paysage forestier. L'herbe ou l'alcool expliquaient ce manque de retenue, cette excitation inopinée dont le personnage était familier.

Il s'agrippa à cette hypothèse pour esquisser un premier geste, puis un second qui le conduisit au pied de son lit et de là jusqu'au Velux dont il souleva le store occultant. La nuit projetait dans la pièce son clair de lune pâle révélant peu à peu l'ensemble de son décor : le lit, le bureau, le fauteuil, la bibliothèque et enfin la charpente. De cette position Alexandre n'entrevoyait que le ciel d'une aube avancée et il dut faire basculer le Velux et engager sa tête à travers l'ouverture pour accéder sur sa gauche à une vue plus complète du perron. La clarté du jour naissant était suffisante pour permettre de constater qu'il était vide, expliquant la raison pour laquelle les cognements avaient cessé. Alexandre entendit alors le silence. Un silence absolu, inquiétant de fragilité tant il laissait craindre d'être soudainement déchiré, et qui lui fit évoquer l'hypothèse d'une hallucination, un effet collatéral du somnifère. L'instant éphémère fut hélas écrasé par la perception d'un son inédit, plus éloigné, dont il ne parvenait pas, dans son champ de vision, à identifier la source qui au fil de son attention révélait sa nature : des voix étouffées, à peine articulées, entrecoupées de sifflements étranges, comme des gémissements, rauques par instants, plus aigus à d'autres.

Avec une voix d'enfant, Alexandre murmura en direction de la cour : « Y a quelqu'un ? » Une interrogation dont la tonalité ascendante, la vibration accentuée sur la dernière syllabe, lui donnait des allures de prière, de supplication sans qu'il sache lui-même quelle sorte de réponse il espérait. Mais elle eut pour effet d'interrompre les voix, le monde extérieur redevenant une pièce sourde, ne lui laissant percevoir que des sonorités internes, ses pulsations cardiaques qui lui frappaient la base du cou ou le sifflement de l'air dans le tunnel étranglé de ses bronches, planté comme un cierge au pied du Velux, dans son pyjama bleu à fines rayures blanches. Il eut la tentation de se barricader dans sa chambre, mais celle-ci lui parut trop vaste, comme un immense terrain découvert n'offrant aucune niche, aucun recoin propice à une parfaite dissimulation. Il aurait fallu un espace plus exigu, une coque juste à ses dimensions, protégée par une membrane en titane, imperméable à toute tentative d'effraction, aux cataclysmes en tout genre, la fin du monde même, dont il ne sortirait qu'une fois le chaos achevé, seul survivant d'un univers dévasté. Alexandre était en proie à une terreur d'enfant.

Après quelques longues minutes d'immobilité, il se résolut à s'habiller tout en cherchant dans la pièce un objet dont la forme et la matière pourraient se prêter à un usage défensif. Il ne trouva qu'un chausse-pied métallique et un double décimètre. Dans l'escalier, le son produit par le contact du feutre de ses charentaises sur le bois l'apaisa un peu, comme s'il retrouvait la présence d'un animal de compagnie. Comme arme de défense, il opta pour une pince de ramassage pendue au serviteur de la cheminée et qu'il estima moins menaçante qu'un couteau à viande sur lequel s'était porté son premier choix. Par la porte vitrée de la cuisine encore plongée dans une semi-obscurité, son ombre se reflétait comme une masse opaque dont les bords s'étalaient sur le verre. Il tourna la clef avec fébrilité et abaissa la poignée. En s'ouvrant, la porte émit son grincement habituel, ce témoignage familier d'un temps grippé, s'étirant dans une sorte de long ricanement qui d'habitude lui plaisait, mais qui cette fois prenait aux yeux d'Alexandre des allures d'avertissement sinistre.

Sur le perron, il fut saisi par l'air froid qui avec la lune rousse accompagnait les saints de glace en cette saison. Il s'avança dans la cour, la pince dans la main gauche relevée au-dessus de l'épaule, et aperçut soudain derrière le portail de fer le pick-up de Kevin inoccupé. Une dizaine de mètres plus loin stationnait un volumineux 4 x 4 Mitsubishi dont il reconnut la marque grâce aux trois losanges incrustés dans le capot. Il identifia deux hommes près de la portière arrière entrouverte. Il reconnut la silhouette de Kevin qui se tenait immobile face à un homme d'une corpulence qui à ses côtés le rendait presque fluet. Ce dernier s'adressait à voix basse à un troisième individu assis à l'intérieur du véhicule. Aucun d'entre eux n'avait remarqué la présence d'Alexandre jusqu'à ce qu'une sorte de courant mou le parcoure, rendant ses membres si flasques qu'il lâcha sa pince. En tombant, celle-ci produisit un bruit métallique qui fit aussitôt se retourner les deux hommes dans sa direction.

De se trouver dans le champ de vision du maître-chien procura à Alexandre une sorte d'apaisement, comme s'il visualisait les parois d'un couloir virtuel suspendu au milieu du vide. L'envie lui prit de s'en rapprocher, de s'y précipiter même, au moment où à l'autre extrémité Kevin, d'une phrase courte, le stoppa net dans son élan à quelques mètres du véhicule :

– On a un problème !

L'autre homme regardait Alexandre fixement. Il était vêtu d'un survêtement noir et seule sa tête, éclairée par la veilleuse du Mitsubishi, se détachait de la pénombre et semblait flotter au-dessus de la portière. Sa coupe en brosse courte bornait un front étroit. Alexandre songea au terme de cet examen rapide que ce qui émanait du personnage s'accordait à lui seul avec la nature d'un *problème*, comme si Kevin avait souhaité par ce mot le présenter à Alexandre. Mais ainsi que le maître-chien le lui indiqua d'un mouvement de tête, ce n'était pas à l'extérieur, mais à l'intérieur du véhicule qu'il résidait, sur la banquette arrière plus précisément où se trouvaient deux hommes, l'un la tête repliée sur les genoux, le visage enfoui dans les mains d'où provenait un reniflement spastique, et l'autre, renversé contre la portière opposée. La première chose qu'Alexandre remarqua en s'engageant dans l'habitacle du Mitsubishi fut la vaste nappe rouge carmin aux contours crénelés qui s'étendait de la ceinture au col du second occupant, débordant sur sa pointe de barbe clairsemée. Son thorax était barré à mi-hauteur par une sorte de ravin cramoisi qui laissait entrevoir dans l'intervalle du tissu l'ivoire du sternum. Son visage était celui d'un adolescent, la lèvre inférieure repliée sur elle-même, formant une épaisse boursouflure d'où pendaient de minces filaments de chair blanche, ses yeux grands ouverts semblant observer un point fixe au plafonnier. Alexandre extirpa sa tête du véhicule d'un mouvement brusque pour se retrouver le nez face à celui du colosse, un nez qui, comme une partie des joues, portait des stigmates de grêle, contraignant Alexandre à s'éloigner encore davantage avant qu'il ne ressente les prémisses d'un vertige. Tout, autour de lui, la tête de l'homme, Kevin, la voiture, se voyait engagé dans une rotation pénible qui lui fit perdre l'équilibre et amorcer un mouvement de chute, comme s'il se repliait sur lui-même. L'homme interrompit sa chute en l'agrippant par les aisselles. Son visage plaqué contre le torse du géant, il entendit une voix vibrer dans sa poitrine dont il crut reconnaître des intonations slaves, un ou deux verbes à l'infinitif, quelques *r* roulés contre le dos des incisives supérieures. C'est dans un état de confusion avancée qu'Alexandre se décolla de quelques centimètres du géant et lui adressa des propos pour le moins saugrenus : « Vous êtes russe ?... J'ai fait du russe en seconde langue au lycée Montaigne... », juste avant qu'un voile gris vienne s'interposer entre eux. La dernière chose qu'il entendit fut la voix de Kevin l'informant que l'homme qui le tenait dans ses bras était de nationalité tchétchène.

Des événements qui s'étaient produits au cours de la nuit, Alexandre ne retrouva une trace ordonnée qu'une fois allongé sur son canapé en lin froissé, fixant le plafond à la française de la pièce à vivre. Sur le fauteuil à bascule doté d'une armature en chêne et d'un dossier en rotin face à lui, Kevin se balançait d'une poussée nerveuse du pied droit, les traits tendus.

– Putain de merde, on n'a vraiment pas eu de bol !

Sa narration décousue des faits qui s'étaient déroulés au cours de cette nuit du 25 mai venait étayer à propos ce condensé de la situation. Il le répéta à plusieurs reprises, tel le refrain d'une complainte dont pour des motifs absurdes – à moins d'une déformation professionnelle – Alexandre remarqua qu'il formait en alexandrin.

Pourtant, c'était sur une note d'optimisme que le

maître-chien avait débuté son récit et en introduction par une référence mythique, un universel pour leur génération : le mât de mesure avait subi un sort identique à celui des tours jumelles du World Trade Center. Kevin d'ailleurs peinait à trouver les mots pour exprimer son plaisir à contempler ce tas de ferraille écrasé sur le sol, ce condensé de haute technologie réduit à l'état de détritus. Le fruit d'un travail d'orfèvre, réalisé d'une main de maître et dans un temps record, à croire que ces types abattaient des mâts éoliens depuis leur plus tendre enfance, et sur ce point, il ne s'était pas trompé. Ils avaient ainsi descellé la dalle de béton qui soutenait la structure en moins d'une heure et presque achevé la section des câbles au cours des trente minutes suivantes. L'*incident* s'était produit selon toute vraisemblance pendant qu'ils sciaient les derniers haubans, c'est du moins ce que Kevin – rendu sur les lieux après leur appel – avait supposé. La conséquence regrettable d'une erreur de trajectoire, en l'occurrence celle de l'un des filins en acier trempé de vingt centimètres de diamètre, propulsé après son sectionnement à la vitesse d'un avion de chasse. Le gamin n'avait pas eu la présence d'esprit de s'en écarter et la violence de l'impact l'avait projeté cinq mètres plus loin, comme une poupée en celluloïd.

Sur place, le climat était tendu. L'un des types prétendait dans un français approximatif que le gamin était son frère et exigeait qu'on l'emmène à l'hôpital. Mayerbek, le type balèze – son contact, à qui il avait vendu un rottweiler six mois plus tôt –, n'était pas d'accord. Un risque démesuré au vu de la situation. Il avait suggéré un transfert dans un lieu plus sûr. Une violente dispute avait éclaté et dans un mouvement de panique, ils avaient pris la décision de venir ici, le lieu le plus proche où *le patron* saurait sans doute quoi faire. Kevin n'avait pas eu les moyens de les en dissuader. Quand ils l'avaient installé dans la voiture, le gamin respirait, il parlait même, mais dans sa langue. « Probable qu'il avait dû caner durant le trajet avec ce putain de câble qui lui avait ouvert le thorax en deux. » Kevin ne comprenait pas ce que ce môme faisait là... Il ne connaissait que Mayerbek, un type réglo... – « putain de merde on n'a vraiment pas eu de bol ! »

Alexandre s'était relevé et observait Kevin qui continuait à osciller d'avant en arrière sur le fauteuil en rotin dans son immuable pantalon de treillis kaki. Il avait écouté son récit, sidéré, jusqu'à cette chute mortifère, cet abîme ouvert par ce mot misérable, *caner*, un mot qu'il n'aurait jamais osé utiliser même dans le pire des contextes, un mot qui plus encore que le mourant rendait la mort elle-même méprisable, un passage vulgaire et comme attendu.

L'aube éclairait une partie du visage osseux de Kevin et Alexandre soudain le trouva odieux. La présence du maître-chien chez lui, ce corps, ces vêtements qu'il portait, le tatouage qui en débordait, ses traits émaciés, le ton détaché de sa narration, comme s'il avait relaté une crevaison un jour de pluie, tout lui parut insupportable dans cette promiscuité infecte, prête à l'inclure dans ses méandres scabreux et avec qui il partageait déjà l'odeur de la sueur rance matinale comme après une nuit de fange. Alexandre posa quelques questions. « Où étaient-ils à présent ? », « Qu'avaient-ils fait du corps ? » Avec la même raideur dégoûtée que s'il avait dû poser sa main sur la plaie béante du thorax.

Le visage éthéré de Kevin s'anima à nouveau. Il avait exigé leur départ avec fermeté. Quant au cadavre, ils allaient le faire disparaître, on pouvait au moins leur accorder toute confiance sur ce point. Le risque qu'ils se pointent à la gendarmerie avec un macchabée à l'arrière du véhicule était proche de zéro étant donné leur situation : des Tchétchènes, des types des Grésilles à Dijon, des clandestins, qui vivotaient de combines, de sales coups, de trafics minables. Ils arrivaient, ils repartaient et Kevin était prêt à parier qu'ils allaient s'évaporer après cette histoire, quitter Dijon, quitter la France, c'était certain. Une chose était sûre, il n'avait « pas à s'inquiéter ». Quant à l'enfant, c'était plus un enfant, avait précisé Kevin, seize ans minimum. Un frère ?

Il avait des doutes. Ils étaient tous plus ou moins frères ou cousins aux Grésilles…

Quelques heures après le départ de Kevin, Alexandre était toujours à la même place, assis sur son canapé. Tout en lui restait figé, bloqué dans une sorte de zone de transit entre ces murs aux pierres de granit apparentes, dans l'attente d'un signal lui intimant de reprendre ses activités physiologiques, se mouvoir, pisser, manger.

Certains mots de Kevin scandés dans son esprit absorbaient tous les autres. Des mots comme des poches, des ventres qui s'emplissaient au fil des minutes de visions effroyables, « Tu n'as pas à t'inquiéter ». La répétition suggérait au contraire des perspectives d'autant plus *inquiétantes* que Kevin s'employait à les annuler, abusant sans le savoir des principes d'une antiphrase, ce procédé linguistique d'inversion du sens dont la connaissance lui sembla dérisoire. Parmi les images collées aux mots qui défilaient, il y avait ce type au nom de rapace, Mayerbek. Il voyait un aigle ou plutôt un vautour cherchant à lui crever les yeux. Et le corps de l'adolescent, ballotté dans le coffre du Mitsubishi, ou peut-être déjà en partie enterré, ou à moitié calciné. Les visions se superposaient, le visage lourd et crevassé de Mayerbek, les poils écarlates sur la peau blême du cadavre recouverte par les rictus insolents de Kevin. Elles provoquaient des bouffées répulsives, qui lui collaient au nez, au palais, comme s'il avait avalé une charogne.

Alexandre, pour sortir de lui-même de cet enfer, n'envisageait qu'un phénomène extérieur, une interaction fortuite pour l'extraire de cette glu. Parler sans doute, mais à qui ? Fanny le vomirait pour ça, au sens propre du terme. Elle régurgiterait le reste à cette occasion, l'ensemble de ses rancœurs accumulées. Ses amis, son éditeur ? Varenne ne s'intéressait qu'à la fiction et Alexandre n'avait plus vraiment d'amis. Des souvenirs de lien plutôt, des relations à entretenir qui aujourd'hui l'embarrassaient au même titre que ces plantes domestiques qu'il convient d'arroser périodiquement. La police ? Il la voyait à cet instant sous les traits d'une vieille dame étique et sévère armée d'une règle en bois. Le procès, la prison, c'était le genre de chose qu'elle tenait à l'intérieur de son petit sac à main en peau de reptile, et à sa sortie, à l'aube, dans la rue de la Santé, sous un crachin de février, une balle dans la nuque en guise de représailles, comme dans un film policier français des années soixante. Le seul être humain avec lequel il pouvait encore communiquer, avec qui il pouvait échanger, étaler ses terreurs, exhiber sa honte et sa précarité était Kevin, cette murène, cet animal visqueux.

À moins qu'il ne se jette directement dans la gueule du loup, dans la gueule de Mayerbek.

Prendre les devants, aller à sa rencontre. Il pourrait lui parler comme deux êtres humains peuvent le faire, ou même s'il le fallait l'implorer, s'agenouiller, le front incliné vers le sol, une main sur le pied de Mayerbek à l'instar de Vendredi face à Robinson, exhibant toute sa sauvagerie, sa morgue d'Occidental impudent. Il irait à la rencontre de la famille, jusqu'en Tchétchénie si c'était nécessaire, et il pleurerait à chaudes larmes avec elle sur la tombe du fils. La longère pourrait servir d'abri, de refuge aux clandestins, il les cacherait, les nourrirait, deviendrait un Juste pour les Tchétchènes de Bourgogne et d'ailleurs…

Pourtant, il entrevoyait avec davantage de facilité l'attitude qu'il allait, selon toute vraisemblance, adopter. Une attitude familière et presque naturelle : demeurer sur son canapé le plus longtemps possible, se replier entre ses quatre murs, comme un gibier dans son terrier au milieu d'une zone de chasse découverte, et attendre. Laisser filer les heures, les jours, les semaines en implorant leur vacance, le temps comme une étendue blanche, non pas suspendu, mais plutôt pris dans une lente répétition d'insignifiances, toutes identiques et plus ou moins amorphes. Le temps que connaissaient les minéraux, les pierres au milieu des chemins que l'on ignorait du regard. Alors, engagé dans cette dilution, peut-être chacune des pièces menaçantes qui composaient son présent deviendrait-elle neutre et floue. Elles finiraient par disparaître, s'effacer de sa conscience comme le mât de mesure, une disparition qu'il n'osait même pas aller affronter du regard tant elle lui en rappelait une autre, la surlignait d'un même vide, d'une même béance, celle qui plongeait à l'intérieur du thorax frêle de l'adolescent.

L'Yonne républicaine
Publié le 27 mai 2020 à 11 h 48

Dans la nuit du 24 au 25 mai, des inconnus ont saccagé un mât de mesure situé sur la commune de Saint-Aman. La société UberWind, exploitante du futur parc éolien, ainsi que la municipalité, par la voix de son maire M. Jérôme Blizzard, ont annoncé leur intention de porter plainte. Opposée à ce projet, l'association Vent de Colère n'a pas souhaité réagir officiellement. Jointe au téléphone, l'une de ses membres a toutefois déclaré : « C'est incompréhensible ! Ce type d'action est totalement contre-productif. » À qui donc profite le saccage de ce mât de mesure éolien ? Aucune piste n'est écartée, mais les premiers éléments de l'enquête indiquent que l'acte a été commis par des individus déterminés et entraînés.
JL, Jleroy@yonnerepubl.fr

*

Le Point
Publié le 17/02/2020 à 11 h 30
– Modifié le 19/02/2020 à 13 h 40
Violences à Dijon : cette note inquiétante de la police qui témoigne de la menace grandissante de la mafia tchétchène.

Les réseaux criminels issus de la communauté tchétchène sont dans le viseur des autorités françaises. Une note confidentielle d'un service de la Direction centrale de la police judiciaire (DCPJ) fait état de cette violence organisée commise par des membres d'organisations criminelles tchétchènes, qui investissent un large panel d'infractions. Leur démonstration de force est de plus en plus fréquente sur le territoire et évolue vers des violences. Initialement repérés dans les domaines de la sécurité et du milieu de la nuit, c'est en général par la force qu'ils sont parvenus à éliminer la concurrence et à s'implanter dans le quartier des Grésilles à Dijon et à s'imposer par la force, les menaces et intimidations, règlements de compte, auprès des habitants et des trafiquants locaux. Le directeur de la brigade de répression du grand banditisme (BRGB), Le colonel Leclerc, précise que ces individus ont « importé de leur culture mafieuse d'origine leur expertise de commanditer l'exécution des "balances", des traîtres et de ceux qui se sont retournés contre eux ». Certains membres de la communauté tchétchène opérant dans le banditisme sont « connus pour leur appartenance à la mouvance indépendantiste tchétchène ou pour leur fondamentalisme religieux musulman »...

★

LegiFrance.gouv.
Version en vigueur au 6 juillet 2019 relative à la coresponsabilité en matière d'homicide involontaire

Le fait de causer, dans les conditions et selon les distinctions prévues à l'article 121-3, par maladresse, imprudence, inattention, négligence ou manquement à une obligation de prudence ou de sécurité imposée par la loi ou le règlement, la mort d'autrui constitue un homicide involontaire puni de trois ans d'emprisonnement et de 80 000 euros d'amende. En cas de violation manifestement délibérée d'une obligation particulière de prudence ou de sécurité imposée par la loi ou le règlement, les peines encourues sont portées à cinq ans d'emprisonnement et à 150 000 euros d'amende. Ces peines sont portées de 10 ans ou 20 ans d'emprisonnement si des circonstances aggravantes étaient retenues (alcool, stupéfiants, délit de fuite ou rémunération d'un tiers) [...]

Alexandre, davantage qu'il surfait, s'enfonçait dans la Toile d'item en item, de lien en lien comme à l'intérieur d'une jungle hostile. Seule l'entrée simultanée sur le moteur de recherche des mots clefs *corps-adolescents-Tchétchènes-France* sur Google possédait les propriétés rassurantes d'une absence de contenu, un désert dans l'immensité du cloud en dehors d'un fait divers survenu deux années plus tôt en Bretagne (*un homme de 23 ans d'origine tchétchène, grièvement blessé par balles mercredi 17 mars après-midi à Rennes, est mort jeudi des suites de ses blessures, a indiqué le parquet de Rennes, en annonçant l'ouverture d'une information judiciaire pour meurtre en bande organisée*). Rien non plus à *Mayerbek* et encore moins à *Mayerbek* et *mât de mesure* ou, en élargissant le champ de la recherche, à *éolienne* et *Tchétchénie.* Cette nation semblait encore épargnée par ce fléau.

C'était dans cet état de tension extrême qu'il allait devoir accueillir Fanny le lendemain, accompagnée de Claire, sa sœur cadette, son mari et leur jeune garçon, venus se mettre au vert pour le week-end de la Pentecôte. Un week-end improvisé à la dernière minute après que Météo-France l'eut qualifié de *caniculaire*, une information jugée particulièrement inquiétante par la journaliste de France 2, néanmoins une perspective de promenade autour du lac, de pique-nique festif, barbecue et autres, comme l'avait annoncé Fanny d'une voix enjouée ce matin-là au téléphone. Un ton dont la légèreté aurait sans doute été altérée si elle avait eu à cet instant un accès visuel à son compagnon quasiment mutique et en particulier à son pyjama porté depuis quatre jours sans discontinuer et dont le fond clair des rayures commençait à s'obscurcir, mais également sa barbe grise et ses cernes charbonneux, témoins de plusieurs nuits d'insomnie.

S'observant dans le miroir de sa salle de bains, Alexandre prit peur. Ses traits étaient ceux d'un condamné, d'un prévenu conduit d'un centre de détention provisoire à la salle d'audience d'un tribunal correctionnel de province, le teint crayeux accentué par la lumière blanche des spots incrustés dans le faux plafond, comme un écho aux flashs qui crépiteraient autour de lui. Ou bien le faciès d'un cadavre, retrouvé à proximité d'une décharge municipale quelque part en Côte-d'Or. Alexandre se rasa, se lava et, sous le filet tiède, songea à Cervantès incarcéré pour proxénétisme aggravé qui avait rédigé en prison une grande partie de son *Don Quichotte*. Lui aussi avait combattu des moulins à vent, mais il était, en la personne de Kevin, flanqué d'un piètre Sancho Pancha. Après son épiderme, ses orifices, ses cheveux, ses ongles, ce fut l'intérieur de la longère qu'Alexandre entreprit de récurer de fond en comble, comme s'il était possédé par un élan insatiable de désinfection, de purification, d'assainissement. Les tomettes en terre cuite, les meubles, les vitres, les bibliothèques firent l'objet d'un vigoureux lessivage, rinçage, balayage, astiquage et même le service en étain fut décapé. Puis ce fut au tour du jardin. Il tondit la pelouse et arracha avec frénésie les mauvaises herbes qui poussaient dans la cour, dissipant la tension qu'il éprouvait dans chacun de ses muscles en détournant vers les rhizomes traçants et ramifiés du chiendent la rage que lui inspirait l'évocation de Kevin. Il s'effondra enfin en début de soirée dans des draps et un pyjama propres, qui exhalaient les parfums de lavande de l'adoucissant en perles. Alexandre ressentait la quiétude fugace d'un soldat allongé sur un matelas de fortune après des heures au front, de celle que procure une trêve, un bref cessez-le-feu au milieu du chaos. Il en profita pour se concentrer sur l'élaboration du menu pour le déjeuner du lendemain, des frites, à moins qu'il ne s'engage dans la préparation plus complexe d'un gratin de pommes de terre.

C'est au carrefour de cette hésitation sur le sort des tubercules qu'il entendit vibrer son portable sur le marbre de sa table de chevet tandis que s'affichait le nom de l'appel entrant, un nom qui lui valut un pincement dans la poitrine. Kevin était resté muet depuis plusieurs jours et Alexandre n'était pas parvenu à définir si ce silence l'inquiétait ou le rassurait.

Lors de leur dernier échange, il s'était exprimé d'un ton détaché, presque désolé, comme s'il occupait dans cette histoire une place de simple mandataire, un trait d'union désormais suranné. Alexandre finit par décrocher. L'ancien maître-chien s'exprimait d'une voix étrange, plus sèche qu'à son habitude, un timbre métallique aux résonances empruntées. Il hésitait, cherchait ses mots comme pour retarder l'issue de ses propos, en faire reculer le sens, parlait de la chaleur, de ses travaux à la ferme, sa charpente bouffée par les termites. Ce fut juste après le récit de son combat contre les larves de blattoptères qu'il lui annonça que les Tchétchènes l'avaient rappelé, une information jetée dans la conversation comme ces sacs d'ordures que l'on abandonne en pleine nature en évitant d'affronter du regard l'objet de son délit. Enhardi par le long silence qui s'ensuivit, pas loin d'une demi-minute, une éternité dans l'échelle de la temporalité téléphonique, Kevin ajouta deux précisions, l'une factuelle, l'autre subjective, la nature de la seconde conférant à la première les allures d'une menace : les « Tchétchènes » voulaient lui parler et ils étaient « plutôt vénères », l'accolement des deux termes provoquant chez Alexandre la vision d'épouvante d'un reptile prêt à lui injecter dans la gorge son poison « vénéreux ».

S'il lui arrivait d'avoir encore de belles érections, un membre large et ferme, tendu comme une morille du diable, ce champignon de printemps au long pied surmonté d'un chapeau conique, l'état de son sexe tel qu'il l'offrit à Fanny ce vendredi soir évoquait davantage les sporophores d'une chanterelle, l'une de ces espèces à la base à peine visible et la terminaison lobée, enfouies sous le mucus. Son pénis était moins en proie à une absence d'érection, une sorte d'état stationnaire insensible à la stimulation, qu'à une involution, une rétraction, une rétractation même, comme une voie de recours engagée dans le sens opposé qui laissait à peine émerger du pubis un petit amas de chair plicaturée.

L'arrivée tardive du petit groupe, les hurlements du jeune Vadim, mais surtout l'énergie qu'Alexandre avait déployée tout au long de la journée pour offrir à ses hôtes une vision assainie de lui-même et de la longère l'avaient mis dans les dispositions d'un combat que son sexe ne pouvait pas livrer malgré les sollicitations de Fanny ce soir-là. Elle s'était montrée enjouée dès son arrivée, s'émerveillant de tout, la propreté de l'intérieur, l'entretien de la cour, l'en-cas qu'il leur avait préparé, une joie de compagne, de sœur, de belle-sœur, de tante à laquelle sa libido semblait s'être accordée lorsqu'ils s'étaient retrouvés seuls dans leur chambre. Elle avait tenté sans succès de recueillir dans sa bouche l'extrémité flétrie d'un sexe qui semblait surtout chercher refuge dans le maquis des poils pubiens.

Pris dans ce mouvement de récession, Alexandre se sentit au bord de la confession, comme la chute d'une goutte au ventre plein, attiré par la perspective d'une délivrance. Mais il n'en fit rien. Il ne parvint pas davantage à parler qu'un peu plus tôt à bander, élaborer ces quelques phrases susceptibles de le soulager sans le compromettre, les rejetant les unes après les autres pour leur imperfection, comme des objets manufacturés défectueux au bout d'une chaîne de montage. Le même effroi conférait aux deux, Alexandre et son pénis, cet aspect d'agénésie, de boursouflure recroquevillée. Fanny, déçue, s'endormit vite et, en dépit de sa présence à ses côtés, lui fit éprouver l'immensité de son isolement.

Il ressassa durant des heures le contenu de son dernier échange avec Kevin. Un échange ? Un dialogue de sourds plutôt ; la juxtaposition de deux monologues, deux lignes de fuite dont l'angle de base avait disparu du plan. Dans les propos et le ton du maître-chien, les Tchétchènes avaient changé de statut. De celui de professionnels fiables, il avait glissé vers celui de sangsues, de parasites, de musulmans, n'ayant d'autre ambition en débarquant dans nos régions que de voler, violer, voire décapiter, tout en touchant le RSA et allocations diverses. Quant à celui, usurpé, de « réfugié politique », il n'était qu'un écran de fumée destiné à répandre en Bourgogne et ailleurs leurs pratiques de charançons : tchador, charia, chantage et compagnie. D'ailleurs, avait-il ajouté en guise d'axiome, Alexandre pas plus que n'importe qui n'était en mesure de lui citer le nom d'un seul Tchétchène associé à un événement, une action, ou même un geste utile à la planète depuis les débuts de l'humanité. La suite portait sur des considérations générales, quelques données sur les flux entrants et sortants, une expulsion (par la porte) pour dix entrées (par la fenêtre) ou, autrement formulé : un Tchétchène de perdu, dix de retrouvés, une comptabilité qui ne justifiait pas que l'on se mette la rate au court-bouillon pour ce malheureux garçon.

Alexandre n'avait pas eu la force de discuter du fond, incapable qu'il était de produire une pensée cohérente, bloqué sur cette injonction formulée par les Tchétchènes à les rencontrer au plus vite. Une rencontre qu'il imaginait se dérouler sur une plateforme étroite, une sorte de plongeoir suspendu au-dessus du vide, lui reculant face à Mayerbek qui s'avançait à pas lents en sa direction, vers l'extrémité du promontoire. L'image lui valut un sursaut qui éveilla Fanny. La jeune femme posa sa tête sur la poitrine d'Alexandre. Elle tenta de le rassurer pour ce banal incident de la vie conjugale, son roman peut-être... Un subterfuge qu'il avait presque oublié, cette imposture minable, cet abri de fortune censé rendre compte de son teint de cendre et de son incapacité à satisfaire sa compagne, ce soir, sous la croisée des poutres, dans leur chambre mansardée.

Il fut tout au long du week-end comme un témoin étranger, assistant à la projection d'un film de vacances, une succession de séquences enjouées, pleines d'éclaboussures, de compote renversée, sonorisées par les bruyantes facéties du jeune Vadim, insatiable d'expériences champêtres, sous les encouragements extatiques de sa tante et les rappels à la prudence de Raphaël, le beau-frère de Fanny.

De dix ans le cadet d'Alexandre, Raphaël était rhumatologue et promis à une brillante carrière universitaire. De toute sa personne irradiait une impression d'équilibre tant dans sa démarche que dans ses propos, toujours mesurés, l'incarnation du point médian situé entre deux opinions, deux avis contrastés, un homme comme une bissectrice croisant en deux parts égales l'angle ouvert des inclinations humaines. En dépit de leur écart d'âge, Alexandre se percevait au contact du médecin comme individu moins achevé, constitué d'une matière creuse quand celle de Raphaël résonnait d'un son mat et franc, les contours de sa personnalité apparaissaient morcelés par l'indétermination quand ceux du médecin se dessinaient d'un trait plein.

Claire, la jeune sœur de Fanny, semblait sans cesse le chercher du regard, s'entourer d'une présence qui la sécurisait au même titre qu'une rambarde de sûreté sur un chemin côtier d'où l'on peut observer le panorama en toute sérénité. Le samedi soir, après que son père eut couché Vadim, ils étaient restés au salon tous les quatre, buvant des tisanes aromatisées. Le jeune couple se tenait sur le canapé face à Alexandre, Claire allongée et déchaussée, les pieds sur les genoux du rhumatologue que ce dernier avait massés avec application durant près d'une heure, de la plante au talon, enveloppant les chevilles frêles de sa paume ou exerçant à différents endroits de l'articulation une pression délicate du bout des doigts, l'ensemble suscitant chez la jeune femme une sorte d'extase muette. Sans doute l'exhibition d'un rituel entre les conjoints, avait-il songé, tant les gestes paraissaient obéir à un enchaînement méthodique et sensuel, mais un spectacle pénible pour Alexandre qui jetait des coups d'œil furtifs à Fanny, convaincu qu'elle aussi observait ce spectacle avec un mélange de dépit et de concupiscence.

Le dimanche s'étira à l'identique, la matinée au marché paysan de Saint-Aman suivie d'un déjeuner au bord du lac, un moment de répit, une parenthèse salvatrice pour Alexandre dont la fermeture approchait à mesure que le soleil s'enfonçait vers les massifs de Thil, que l'on préparait pour le départ des invités des bouquets de lilas et des pots de confiture à l'orange amère. Tandis qu'il aidait Raphaël à charger les valises dans leur SUV Volvo, Claire s'inquiéta de la disparition de Vadim. Tous ensemble, ils l'appelèrent, les voix mêlées ou en canon, celles des femmes de plus en plus aiguës, quatuor improvisé dont la prosodie montait en intensité dramatique jusqu'au moment où Fanny évoqua la possibilité qu'il soit parti faire ses adieux au franches-montagnes. Elle l'avait vu un peu plus tôt, quignon de pain à la main, prendre la direction du pré.

Alors qu'ils s'apprêtaient à le rejoindre, de l'angle

aveugle formé par l'entrée de la cour et le chemin des Baraques, surgit par la droite un ensemble étrange et compact, révélant au fur et à mesure qu'il s'approchait deux individus, le jeune Vadim, large sourire aux lèvres, le bras relevé sur toute sa hauteur, retenue de la main par celle difforme d'un géant, le crâne recouvert d'un bonnet en laine noire ourlé sous lequel Alexandre reconnut Mayerbek. Pour quiconque, le tableau offert par ce duo avait tout du burlesque, une association conçue à des fins de contraste, sorte d'oxymore humain – l'énorme et le minuscule, le massif et le fluet, le tronc et la brindille, une image d'Épinal de nain et de géant, d'ogre et de bambin. Mais, pour Alexandre, ce fut une telle vision d'épouvante qu'il se précipita vers l'enfant, suscitant chez ses parents par un effet de contagion un mouvement similaire, les trois parvenant dans un ordre dispersé au contact de l'homme qui tenait toujours fermement la main de l'enfant, la seconde, libre, aussitôt agrippée par Claire, Vadim se trouvant un instant écartelé avant que Mayerbek ne relâche sa pression sans y opposer la moindre résistance.

– Enfant toute seule sur route… dangereux !

Mayerbek avait accompagné ses propos d'un air grave, renforçant l'allure inquiétante de sa physionomie. Claire et Raphaël regagnèrent aussitôt la longère, prodiguant au rescapé réconfort et leçon, celle de ne jamais, au cours de l'existence, s'éloigner d'un périmètre surveillé, quels que soient le lieu ou les circonstances, tandis que les deux hommes demeuraient face à face dans un silence pesant. Alexandre aperçut en contrebas l'extrémité du capot bleu nuit du Mitsubishi et, d'un signe de tête, suggéra à Mayerbek de s'en rapprocher ou plutôt de s'éloigner de la longère. Ils s'immobilisèrent face à la portière avant du 4x4 dont le Tchétchène tapotait d'une main le toit comme le dos d'un animal assagi, évitant le regard d'Alexandre. Ce dernier s'engagea aussitôt dans un monologue anxieux, une logorrhée qu'il étirait comme une gélatine au diamètre de plus en plus filiforme, réduisant les pauses, saturant les interruptions par des sons gutturaux informes comme s'il redoutait que son interlocuteur ne glisse dans l'intervalle d'un silence, un mot ou un geste menaçants. Craignant d'être mal compris, Alexandre reprenait certains de ses propos en simplifiant la syntaxe et, tandis que la langue s'appauvrissait, le corps s'enrichissait de gestes affligés, de regards enténébrés, s'efforçant de composer avec conviction une figure universelle de la désolation. L'adolescent était le thème principal autour duquel s'organisaient quelques variations, des considérations générales sur l'enfance brisée, le soutien à une famille en deuil, au père, à la mère, à toute la communauté tchétchène des

Grésilles, sa honte relative aux conditions d'accueil des réfugiés tchétchènes en France, sans parler du mépris qu'il vouait à Vladimir Poutine, le boucher de Grozny, avant de revenir à l'essentiel, ce « drame absolu », un mot impuissant pour qualifier une telle atrocité pour laquelle il aurait fallu utiliser un terme disant l'abîme, le déchirement, portant la marque de l'entaille laissée chez les survivants… Peut-être existait-il en langue tchétchène ? À cet instant, Mayerbek leva sa main gauche, une main énorme comme une patte d'ours, et Alexandre redouta qu'elle ne s'abatte sur son crâne et l'enfonce dans le sol comme dans une scène d'un *Looney Tunes*. Mais ce geste n'était qu'un appel au silence et Alexandre se souvint alors que, quelques jours plus tôt, l'homme l'avait retenu par les épaules dans un mélange de douceur et de fermeté.

Lentement, cherchant ses mots, Mayerbek se mit à parler. Il articulait peu. Sa bouche s'entrouvrait à peine et produisait une phonétique suave, presque liquide, dont les consonnes étaient davantage caressées que frappées, exemptes des toniques caractéristiques de l'accent russe. Son timbre était chaud, donnant aux mots la sensation qu'ils étaient tiédis à l'intérieur de sa cavité buccale avant d'en être expulsés avec délicatesse, sans aucune résonance malgré la caisse puissante du thorax. Sans article, avec une économie d'auxiliaires, une langue d'objet surtout, Mayerbek était parvenu à l'essentiel. Il n'était que le messager d'une famille en deuil, la famille de Zelimkhan, une famille importante de Grozny, dont « le papa était comme un volcan et la maman presque morte, Zelimkhan, quinze ans, comme un enfant ». Il marqua ensuite une pause qui donnait à l'énoncé du prénom l'aspect d'un objet flottant, ses trois syllabes comme des insectes immobiles figés dans l'air tiède. Il avait étiré la première consonne tout en avalant la deuxième, faisant comme un coussin moelleux sur l'âpreté de la dernière qui donnait à l'ensemble une sonorité plaintive. Les conjonctives d'Alexandre s'étaient aussitôt chargées d'humidité et, afin d'en limiter l'exhibition, il s'était détourné du regard fixe du colosse.

Tandis que Raphaël chargeait les dernières valises et que Claire vérifiait le harnachement de son fils sur le rehausseur, Fanny s'était empressée de questionner Alexandre sur l'identité de l'étrange visiteur. Pris au dépourvu, il l'avait affublé de la fonction de jardinier, une tâche dont il ne parvenait plus à s'acquitter face à l'exubérante floraison printanière. Devant la moue étonnée de Fanny, Alexandre avait suspecté ses difficultés à assigner à cet individu aux allures de plantigrade, moulé dans un survêtement en acrylique, les fonctions dévolues à l'entretien des massifs floraux ou du carré potager. Elle s'était engouffrée dans la Volvo non sans éprouver une certaine inquiétude à l'égard de son compagnon au comportement de plus en plus étrange, non seulement au cours du week-end, mais aussi depuis plusieurs semaines, une impression d'absence ou alors de présence factice, un Alexandre sans matière, sans tenue, comme un habit sur un cintre, n'offrant de lui-même qu'un service minimum, des traits las et des propos mécaniques.

Alexandre avait regardé le véhicule descendre la côte des Baraques avec une nostalgie semblable à celle qu'il éprouvait lors de ses départs en colonie de vacances, derrière les vitres fumées d'un autocar, d'où il apercevait au milieu d'une foule de parents agitant les bras, le pouce de son père levé vers le ciel en guise de consolation dérisoire. Un sentiment d'abandon, dans une caverne dont il avait lui-même creusé les parois, refusant la main tendue par sa compagne, prise dans l'excitation juvénile de cette réunion familiale au point qu'elle n'avait même pas constaté la disparition du mât ou plutôt qu'il n'avait pas osé la lui faire remarquer de peur de l'entraîner dans le précipice des événements.

Pourtant, son entrevue avec Mayerbek, cette proximité physique avec celui dont la veille encore il redoutait le surgissement dans l'obscurité pour l'assassiner, d'une certaine façon l'avait rassuré. Sa voix en particulier avait adouci les traits au point qu'il lui évoquait une sorte de géant vulnérable, un animal dont on pouvait attendrir le cuir. Alexandre, surtout, avait pu lui montrer de quelle matière sensible il était lui aussi constitué, la sincérité de son émotion quant à la mort du jeune garçon, à mille lieues de l'indifférence sordide d'un commanditaire de basses œuvres. Tout cela n'avait pas empêché Mayerbek de lui annoncer d'un ton embarrassé la nature de la réparation exigée par la famille de Zelimkhan, 100 000 euros en cash, le regard plongé vers le sol, comme alourdi par la somme. Après une éprouvante bouffée de chaleur, Alexandre avait tenté une conciliation, affiché sa volonté de participer aux frais d'obsèques, au rapatriement du corps s'ils le souhaitaient. Il avait aussi rappelé à Mayerbek son opposition morale à attribuer à la vie d'un homme, fût-il un adolescent, une quelconque valeur marchande, un impératif catégorique avec lequel il ne pouvait transiger, sans parler du montant exorbitant dont il ne possédait pas le dixième, lui, un écrivain aux tirages modestes, exclu des subventions honteusement réservées aux intermittents du spectacle vivant. Mayerbek n'avait commenté aucune des objections d'Alexandre. Il n'était là que pour « dire les choses », les « choses de la famille », et rien d'autre. Il viendrait chercher l'argent chez Kevin, avec le règlement du solde pour le mât de mesure dans quelques jours. Il l'avait salué en glissant l'index sous son bonnet avant de remonter dans le Mitsubishi et de s'éloigner lentement en marche arrière. Une césure brutale qui avait laissé Alexandre figé sur l'asphalte avec un goût d'inachevé, plein d'une réserve de mots, d'arguments, de gestes qui se bousculaient dans son esprit et n'avaient désormais plus d'autre issue qu'un soliloque inutile, avec comme matière principale ce chiffre absurde à ronger.

Il en était encore à ce stade de ses réflexions le lendemain en fin d'après-midi, planté au milieu de la cour de la longère qui conservait entre ses murs de granit la chaleur de la journée, lorsque retentit la sonnerie de son smartphone en même temps que s'affichait sur l'écran l'identité du correspondant ou plutôt qu'elle s'y dérobait, exhibait sa dissimulation, son travestissement, sous la forme d'un *numéro masqué*. Un message qu'il assigna aussitôt à un interlocuteur au visage recouvert d'un voile en tissu noir ne laissant entrevoir que ses yeux luisants, une émanation naturelle de son environnement qui n'émettait plus que des signaux troubles, des menaces invisibles. Il attendit la sixième sonnerie avant de décrocher d'un fébrile balayement du doigt.

– Alexandre Wisnievsky ?

– …

– Vous êtes M. Alexandre Wisnievsky résident au 3, chemin des Baraques à Saint-Aman ?

– C'est moi.

– Capitaine Nicolas Destrade, officier de police judiciaire de la gendarmerie d'Éloisse.

Le nom du capitaine avait été entièrement dissous

par l'acidité des mots qui le suivaient, *police judiciaire*, *gendarmerie*, des mots en métal froid, ceux des luminaires à tête articulée, des menottes ou des barreaux.

– Nous avons eu vos coordonnées par le fichier de l'association Vent de Colère, dans le cadre de l'enquête sur la destruction du mât de mesure de Saint-Aman. Vous êtes bien adhérent de cette association ?

– …

– Allô, monsieur Wisnievsky ? Vous êtes bien adhérent de l'association Vent de Colère ?

Wisnievsky en colère… Que son patronyme soit accolé à cet état d'humeur lui parut à cet instant invraisemblable. Il se voyait plus aux dimensions d'une figurine, écrasée dans l'immensité de sa cour, que sous les traits gonflés et cramoisis d'un être belliqueux, peinant à s'en attribuer les flux hargneux. Il limita sa réponse à une sorte de borborygme, non pas du ventre, mais de la gorge, un son informe qui parut néanmoins satisfaire le capitaine Destrade.

Le gendarme questionna aussitôt Alexandre d'une prose administrative quant à « son degré d'information relative à la dégradation du mât de mesure dans la nuit du 25 sur la commune de Saint-Aman ». Une interrogation qu'Alexandre jugea rassurante, presque neutre, une simple mission d'information, qui sait. Il répondit avec davantage d'assurance qu'il avait été prévenu en effet au même titre que tous les habitants de la commune, du département, de la région sans doute, autant dire fondu dans la masse anonyme des informés, une précision qu'il regretta aussitôt, la jugeant excessive et, par nature, équivoque. Le gendarme, avec une pointe d'impatience, se limita à l'annonce d'une « convocation » en gendarmerie, atténuant aussitôt sa raideur comminatoire, « une simple déposition dans le cadre d'une enquête de routine effectuée auprès de tous les adhérents de l'association ». Alexandre jugea pourtant ces rappels multiples à la banalité de la procédure – *simple* déposition, enquête de *routine*, *tous* les adhérents – particulièrement inquiétants. Une insistance aux allures de dénégation, vouée à la dissimulation d'une intention opposée, comme un appeau imitant le chant des oiseaux avant leur capture.

– Demain vers 15 heures ? Vous savez où nous sommes ?

La gendarmerie d'Éloisse, située sur la départementale 908, ressemblait à un banal pavillon. L'accueil que reçut Alexandre lorsqu'il déclina son identité témoignait d'une intense mobilisation du personnel pour les besoins d'une affaire qui tranchait avec l'ordinaire – dégradations de clôtures, querelles de voisinage, infractions routières. Trois gendarmes s'étaient empressés de recueillir ses données d'état civil et de les photocopier sur une vieille Xerox 41-10 EPS dont les tambours produisaient des cliquetis de mitraillette enrayée.

L'entretien avec le capitaine Destrade se déroula dans un bureau étroit situé à l'arrière de la gendarmerie par les fenêtres duquel on apercevait au milieu d'un carré de pelouse un barbecue en métal et une table de jardin en plastique. Le capitaine Nicolas Destrade était indiscutablement un bel homme : la quarantaine, de grande taille, des traits réguliers et un buste qui s'évasait vers des épaules larges, moulées dans un polo bleu ciel sur lequel son grade, trois barres horizontales blanches sur un fond indigo, était imprimé sous l'échancrure. Un mouvement répété de protrusion du menton accentuait l'aspect ciselé de sa mâchoire et le charnu de ses lèvres, et en alternance, il procédait à une occlusion dentaire appuyée qui faisait saillir la pointe de ses maxillaires. Par ces sollicitations musculaires permanentes, le gendarme semblait révéler son peu de goût pour l'inaction, son aversion pour l'immobilité.

Durant les premières minutes, les yeux rivés sur son écran, le gendarme s'était borné à reporter des données administratives, nom, prénom, date et lieu de naissance, activité, butant sur les limites de son menu déroulant pour renseigner la profession d'Alexandre, celle d'écrivain n'y figurant pas, un obstacle qui lui fit lever les yeux et adresser à ce dernier un regard embarrassé avant de sauter d'un clic sur une case plus large destinée au recueil de la déposition. Il fut dans un premier temps questionné sur les circonstances et l'ancienneté de son adhésion à l'association Vent de Colère. Alexandre s'attacha à exprimer toutes les marques de modération de son engagement : une inscription hasardeuse, une présence discontinue, une participation effacée, le portrait d'un adhérent mou, inconstant et indécis, un dilettante de la cause éolienne, l'opposé d'un militant en quelque sorte. Le capitaine Destrade, avant de frapper avec dextérité les touches de son clavier, se livrait à un pénible redressage du style, une solidification de cette prose éthérée en des éléments de langage plus consistants.

– Vous diriez donc que vous fréquentiez occasionnellement l'association en raison d'une motivation limitée, c'est cela ?

– C'est à peu près ça.

Après une longue séquence consacrée au recueil des éléments factuels de la biographie d'Alexandre, antécédents judiciaires, appartenance à des organisations écoterroristes, altermondialistes, animalistes, la question tomba comme un fruit mûr sur le sol, l'antienne familière à tous les lecteurs d'intrigues policières, et qui procura à Alexandre la sensation d'être lui-même devenu un personnage de fiction.

– Que faisiez-vous la nuit du 25 ?

– Je dormais.

– Et avant, au cours de la soirée du 24 ?

– Je me suis couché tôt.

– Vers quelle heure ?

– Dix heures.

– Vous avez des témoins ?

– Je vis seul la semaine.

– Vous vous souvenez de l'heure exacte à laquelle vous vous êtes couché il y a plus de dix jours ?

Cette dernière remarque, énoncée d'un ton suspicieux, fit éprouver à Alexandre des relents d'affres scolaires, falsifications négligées, mensonges mal préparés, toutes ces maladresses d'apprenti qui en un éclair pouvaient révéler aujourd'hui un suspect comme hier un cancre. Il répondit avec une assurance empruntée qu'il avait depuis l'appel téléphonique anticipé la question et fouillé à dessein sa mémoire.

– Vous n'avez rien remarqué de particulier au cours de cette nuit-là ?

– Non, rien.

– Même pas un bruit inhabituel ?

– Je prends des somnifères.

– Vous connaissez M. Kevin Frappier ?

S'il avait le sentiment d'avoir franchi sans trop d'encombres l'obstacle de la nuit du 25, celui-ci lui parut d'emblée plus menaçant, plus haut, ou plus large, une sorte de rivière des tribunes s'il s'était trouvé sur un hippodrome, au milieu de laquelle il pouvait se retrouver planté, pris dans une mare de boue.

– Un peu, à peine en fait.

Sans détourner son regard de l'écran, le gendarme l'informa que plusieurs témoignages recueillis avant le sien avaient mentionné ses échanges répétés en particulier au café La Barboulotte avec celui qui par ailleurs n'avait pas répondu aux convocations qui lui avaient été adressées.

– Vous êtes toujours en relation avec Kevin Frappier ?

La bouche d'Alexandre devint soudain sèche. Le regard que lui adressait le capitaine Destrade avait changé de nature. Il ne semblait plus que lui désigner sa promiscuité avec le maître-chien, le réduire à ce lien, celui d'un contaminé, d'un infecté sans qu'Alexandre ose lui demander par quel miasme. Il tenta de s'en dégager maladroitement, faisant état d'échanges anodins, d'interactions fortuites et tenta une digression, exprimant les préoccupations d'un simple témoin, d'un résident concerné.

– Et l'enquête, ça avance ?

– Lentement.

– Ils vont remettre un nouveau mât ?

– Cette question n'est pas de mon ressort.

La distance froide que lui opposait le gendarme lui semblait désormais irréversible. Aucune inflexion dans son ton martial ne laissait entrevoir la possibilité d'un glissement de côté, un amollissement du cadre, du regard désignant à Alexandre un statut moins équivoque. Cette impression se renforça encore par l'abrupt de la question qui suivit, pointue, aiguisée, sans doute en raison de son objet, la nature de son groupe sanguin, à qui Alexandre octroya la forme d'une aiguille à l'extrémité d'un piston, prête à le ponctionner. On avait en effet retrouvé sur les lieux des traces de sang et l'on procédait à des analyses de routine. Alexandre se couvrit alors le visage des deux mains, mimant une attitude réflexive dont le seul but était de limiter l'exposition de l'érythème dont son visage pouvait se couvrir en de telles circonstances. Destrade le fixait d'un regard intense comme une solution abrasive appliquée sur une plaie à vif.

– Du sang humain, monsieur Wisnievsky, d'après les premières analyses. En quantité importante. Des pertes majeures et du groupe B *a priori*.

Une révélation comme une bénédiction pour Alexandre qui jamais n'avait annoncé son groupe sanguin – O négatif – d'une manière si glorieuse, les yeux brillants, se sentant absous par l'identité de ses globules rouges. Le capitaine reporta l'information et informa Alexandre que leur entretien approchait de son terme. En guise de conclusion, il formula une dernière interrogation : Wisnievsky avait-il en sa possession des éléments susceptibles de faire avancer l'enquête à ce stade ? La question s'évasait à son extrémité comme le sont les *ouvertures* enseignées aux étudiants en fin de dissertation, s'inscrivant dans la continuité d'un plan tout en poursuivant la réflexion vers une problématique plus large, une démarche d'ailleurs illustrée par la métaphore de l'entonnoir inversé et qui incita Alexandre à prendre le risque d'un dévoilement pudique. Il croyait à la force des arguments, davantage qu'à celle des scies à métaux, des marteaux, des tenailles, ou des explosifs. Ses combats, il les livrait avec des mots, combattait au moyen d'allégories, luttait armé par des euphémismes et, pour toutes ces raisons, n'était pas certain de pouvoir être d'un quelconque secours. Il crut déchiffrer pour la toute première fois dans le regard du gendarme une pointe de curiosité comme si s'exhibait face à lui l'atypie d'une anatomie, un élément ectopique ou surnuméraire. Destrade relut l'intégralité de la déposition d'Alexandre d'une voix monotone, économe en ponctuation, procéda à son impression et en guise de conclusion lui rappela la nécessité impérieuse à ce que Kevin Frappier entre en relation avec ses services, si toutefois l'occasion lui en était donnée.

Bien après qu'Alexandre fut sorti de la gendarmerie et tout le long du trajet de retour au volant de la Clio, cette dernière phrase, énoncée comme une exhortation, poursuivait son arborescence pernicieuse. Elle surlignait le soupçon qui entourait l'ancien maître-chien, la révélation sensible du nœud, du ferment à partir duquel germinaient toutes les renoncules de l'enquête, reliées par ce bulbe dont il n'aurait qu'à suivre les rhizomes conduisant de Kevin aux Tchétchènes, des Tchétchènes à l'argent, de l'argent à Zelimkhan, et de Zelimkhan à la mort de Zelimkhan. Zelimkhan dont le sang faisait l'objet d'une analyse quelque part dans un laboratoire spécialisé dans les enquêtes criminelles à Dijon ou même à Paris.

Il était là, Alexandre Wisnievsky, écrivain, auteur d'une thèse sur la plasticité littéraire chez Frantz Kafka, au centre de cette tourbière, rançonné par la mafia tchétchène, et désormais suspecté par une enquête de gendarmerie. Une chose s'était produite dans son existence qui avait rendu possible cet enchaînement infernal. Une erreur d'aiguillage dans les faisceaux entremêlés du hasard. Ou bien sa vigilance avait fléchi, sa garde s'était abaissée, le rendant soudain poreux, perméable à la tragédie comme un organisme à une tumeur, impuissant à repérer ou contenir les agressions du quotidien. Dans un moment d'absence, il les avait laissées se répandre, prendre possession de toute sa personne, avait abandonné la direction de son existence à la perversité d'un Kevin, la sauvagerie d'un Mayerbek, l'inquisition d'un Destrade.

Mais peut-être n'assistait-il impuissant qu'à l'achèvement d'une fatalité, au déroulement implacable de son destin dont il suivait à son insu les traces invisibles depuis les chemins dévastés du Morvan jusqu'à ce point de rencontre avec Kevin à La Roche-en-Rénier, qui se poursuivait sur cette départementale 908 reliant la gendarmerie d'Éloisse à Saint-Aman. Comme s'il avait voulu marquer son opposition, Alexandre bifurqua au croisement de la route des Moingeots et au lieu de rentrer chez lui, s'engagea en direction de la Crotte-aux-Daims.

Depuis un certain temps déjà, la ville avait perdu ses attraits. Il avait décidé de quitter Paris peu après qu'il eut constaté son empressement à regagner son appartement dès qu'il se trouvait hors de chez lui, à fuir le boulevard, la rue, la chaussée, les places réhabilitées, la signalisation hideuse de la voirie. Cette ville lui avait soudain semblé hostile et muette, comme une nécropole, livrée à des individus neutres que l'on aurait tout aussi pu déplacer dans une sous-préfecture de province sans qu'ils s'en offusquent, enivrés par le silence et le spectacle de leur mobilité.

Alexandre fut toutefois ému de respirer, le long du boulevard Saint-Marcel, l'odeur familière des châtaigniers bordant la contre-allée, une authentique odeur spermatique, comme un résidu des vieux parfums licencieux de la capitale. Peut-être stimulé par cette réminiscence olfactive, lui revint face au numéro 34 le souvenir d'une nuit sous les toits en zinc, dans une chambre de bonne à l'odeur d'antésite en compagnie d'une étudiante en lettres rencontrée au centre d'information et de documentation pour la jeunesse. De la jeune femme, il se souvenait de la peau blême et des cris effilés, serrés les uns contre les autres, comme des pépiements craintifs.

En approchant des Gobelins, plus précisément au niveau de l'Hôtel Garance, ce fut le prénom d'Edwige qui lui vint à l'esprit, la ronde attachée de presse de sa première maison d'édition. Edwige couchait avec ses jeunes auteurs par principe, plus prompte prétendait-elle à défendre leurs œuvres au détour d'une étreinte qu'après une lecture attentive. Elle clamait son goût prononcé pour les imparfaits du subjonctif et les mots orduriers lâchés au cours du coït. Cette concentration de souvenirs dans ce périmètre étroit fut pour Alexandre l'occasion d'envisager un projet d'écriture. Une œuvre comme un plan de la capitale sur lequel figureraient les divers emplacements – chambres de service, appartements aux plafonds moulés, toilettes de bistrot, parkings, jardins publics – où s'était écoulée sa semence, une multitude de points nichés dans le ventre de la capitale dont la connexion formerait un réseau géographique abscons, un enchevêtrement de lignes.

Dans celles-ci se révéleraient les contours d'une évidence, vivante ou inanimée, une vérité première de son existence et que ses lecteurs pourraient, livre à la main, emprunter, comme il avait lui-même emprunté à Saint-Pétersbourg l'itinéraire de Raskolnikov entre son domicile et le lieu de son crime.

Mais Alexandre n'était pas revenu à Paris avec une précipitation qui avait étonné Fanny dans cette intention : l'entrevue qu'il avait eue avec Kevin le jour de sa convocation à la gendarmerie l'avait poussé à solliciter au plus vite un rendez-vous au cabinet Bourgadier & Bourgadier, afin d'obtenir un prêt hypothécaire sur son patrimoine immobilier. Il avait ce jour-là trouvé Kevin en bas de survêtement, torse nu, suant dans le développé couché avec un vieux lave-vaisselle en guise d'haltère, allongé au milieu de sa cour sur une serviette de bain. Il avait accueilli le rappel de sa convocation en gendarmerie transmise par Alexandre d'un reniflement sonore ponctué par le crachat d'un épais mucus verdâtre. Un glaviot comme un préambule, une ouverture précédant le concert d'insultes qu'il avait proférées envers le gendarme, la gendarmerie dans son ensemble, puis par extension l'armée de terre, la marine, l'aviation, tous ces guignols en uniforme qui lui avaient pris trois années de sa vie, l'avaient contraint à l'innommable (« je ne te raconte pas »), bref, il avait des choses plus importantes à faire que de se rendre à la gendarmerie d'Éloisse.

Mais avec les Tchétchènes, c'était une autre histoire, avait ajouté l'ancien maître-chien. Une histoire où la prudence était de mise – un mot qui dans la bouche de Kevin résonnait comme l'annonce d'un cataclysme imminent. Certes, il était envisageable de négocier le montant d'une somme dont ces lépreux barbus n'étaient pas dignes, mais sans perdre de vue leur caractère imprévisible. À titre d'illustration, Kevin fit une description de l'état dans lequel un Marocain avait été retrouvé six mois plus tôt dans le parc de la Combe en périphérie de Dijon, le corps à demi immergé dans le kir, les doigts et les parties génitales arrachés, une signature en langue tchétchène qui se passait de carte de visite, avait-il ajouté en ponctuant son récit d'une nouvelle expectoration. Alexandre avait rapidement pris congé du maître-chien, regagné Saint-Aman afin de consulter les horaires de trains pour Paris.

Il s'était justifié auprès de Fanny, en prétextant un rendez-vous avec Varenne dans les bureaux de L'Acacia. Une discussion et peut-être un à-valoir sur les premiers chapitres de son livre. En fait d'éditeur, c'était Alban Bourgadier en personne qui l'avait reçu au premier étage d'un immeuble haussmannien du boulevard de Port-Royal. L'homme était de taille moyenne, rond et presque chauve, ajusté dans un costume anthracite qui le boudinait aux hanches, une physionomie de choix si un casting pour le rôle d'un courtier en prêt hypothécaire avait été organisé. Il avait reçu Alexandre dans un bureau cossu décoré de deux larges photographies, deux clichés figurant une zone désertique, l'une cadrée sur les courbes d'une dune de sable, l'autre une caravane sur un sol plus rocailleux, des paysages dans lequel l'insertion du courtier semblait improbable.

Le dossier d'Alexandre, qui offrait en hypothèque l'appartement de soixante-quinze mètres carrés reçu en héritage de ses parents et dont, rentier, il tirait ses principaux revenus, fut salué par le courtier pour sa solidité. Ce dernier ne put toutefois dissimuler une pointe de déception face au montant emprunté, très inférieur à la moitié de la valeur du bien, habituellement sollicité dans sa pratique. Quant à l'usage des fonds – des frais de gros œuvre dans la longère –, et surtout leur nature, une partie en liquide, ils valurent au courtier un assentiment crispé qui se manifesta par un étrange gonflement dans le haut du cou, tel qu'il s'observe le plus souvent lors d'efforts dits « à glotte fermée », jeu de trompette ou effort de défécation.

À Fanny qui le questionna dès son retour sur les bénéfices issus de son entrevue avec Varenne, Alexandre, surpris lui-même par ce point d'intersection entre fiction et réalité, lui annonça l'octroi d'une avance importante, fruit d'une confiance rétablie au sein d'un couple à la relation parfois tumultueuse. La suite de leur conversation le contraignit, hélas, à l'exposé du contenu, en particulier celui de la trame narrative. Une intrigue policière, improvisa Alexandre, mais de structure baroque, le coupable n'étant autre que le lecteur et la victime, le narrateur, le premier se rapprochant de son acte un peu plus à chaque page, une lecture criminelle en quelque sorte dont le motif ne lui était révélé qu'à la fin du roman.

– Un peu comme *Misery* ?

À ceci près que l'organisation du roman relevait davantage de l'esprit de l'Oulipo, dont l'histoire n'était qu'un artéfact exposant à la fois la vulnérabilité du narrateur et la responsabilité du lecteur, dans toute sa diversité, le style à la mesure de cet imaginaire éclaté. Fanny s'était montrée impatiente de parcourir les premières pages, faisant ressentir à Alexandre les effets cruels de sa double duperie, celle envers sa compagne dont il percevait une pointe du désir pour cet attribut fictif et, pis encore, la sienne pour ce synopsis imaginaire, comme le menu alléchant d'un restaurant virtuel. Car, à l'évidence, il n'entrevoyait ni sujet, ni style, ni forme et encore moins un *processus* d'écriture, dépossédé qu'il était de son unique savoir-faire, cette capacité à muer en phrase à ses images, des phrases qui à leur tour faisaient lever la tête de ses lecteurs pour mieux laisser défiler les leurs, comme un kaléidoscope dont il était le subtil projectionniste. Une aphasie de l'écriture qui, dans le meilleur des cas, lui évoquait la possibilité d'un thrombus, d'une rétention, guettant la délivrance, comme un enfant sur son pot. Mais parfois c'était pire, il ressentait un véritable dégoût des mots, des siens, une succession de ratures, de pâtés d'encre, lourds et creux à la fois. Il regrettait ce temps de la luxuriance où Varenne lui suggérait d'élaguer ses excès, de soumettre sa prose à une cure d'amincissement, une fonte des adverbes, une réduction dans le gras des adjectifs. « Retirez-les ! disait-il. Et vous verrez que le texte restera droit une fois allégé de ces rivets encombrants, comme ces bâtiments dont on retire en fin de chantier les structures de soutien. » Aujourd'hui, ce n'était plus seulement les adverbes qui s'étaient retirés, mais aussi les verbes, les noms, les pronoms, tout ce mortier avec lequel il fabriquait une réalité plus intense, plus dénudée que la vérité. Celle dont sans doute, en de telles circonstances, l'auteur du *Marchand de Venise* n'aura pas manqué de se saisir : « *Un Tchétchène n'a-t-il pas des mains, des organes, des proportions, des sens, des affects, des passions…* » alors que lui, il errait parfois en pyjama au milieu de l'après-midi, confiné dans son salon, soufflant le néant dans le creux des événements quand d'autres y auraient injecté des diamants bruts. Aussi était-ce sur les paysages du Morvan que s'étaient déportées ses exigences artistiques. Il avait tenté d'effacer ce qui lui déplaisait, traiter ces lieux comme il l'aurait fait d'une phrase entachée d'un mot sale, afin que son panorama retrouve le cadre idyllique de ses errances forestières, en harmonie avec ses aspirations esthétiques. La mort de Zelimkhan était la trace de ce gommage incomplet, une petite flétrissure sur le papier comme s'il avait appuyé trop fort sur le crayon.

Une semaine plus tard, Alexandre quittait les bureaux du cabinet Bourgadier & Bourgadier après qu'Alban Bourgadier eut procédé au virement d'une large partie de la somme et lui eut remis en main propre dans une enveloppe de grande taille son complément en billets de 100 euros en contrepartie d'une majoration significative des taux d'intérêt d'emprunt et d'une décharge à l'intention des autorités fiscales. Payer au noir une partie des travaux de rénovation n'était jamais sans risque, l'avait prévenu le courtier. Passé l'illusion d'un pacte gagnant-gagnant, on demeurait sans garantie sur le moyen et le long terme. À la merci d'un exécutant peu scrupuleux ou d'un ouvrage défectueux. Sans compter, s'il y avait du gros œuvre, les risques d'accident, de chute, sans aucune couverture.

Bénéficier de l'expertise de professionnels déclarés garantissait une indéniable sécurité, avait conclu Alban Bourgadier, en suggérant la prudence.

Déjà envahie par le souffle tiède d'un été empressé, cette fin de printemps effaçait ses bornes. Le matin, Alexandre assistait couché aux préparatifs de Fanny, toilette, habillage, avant son éclipse pour la journée, le laissant seul dans leur appartement où flottaient quelque temps le parfum des fleurs muettes de Diorissimo et l'écho pesant de ses encouragements pour sa journée de travail. Elle ne cessait depuis le retour d'Alexandre de répandre autour d'eux des faisceaux chargés d'un optimisme nouveau, une énergie qu'elle qualifiait elle-même de « positive », des protons insouciants, des électrons frivoles, anticipant avec la promesse de l'été et le retour à l'écriture d'autres préludes, l'espoir d'un souffle neuf qui les ranime, des perspectives dont l'angle de champ s'élargirait pour leur offrir un horizon plus vaste là où quelques mois plus tôt, elle n'entrevoyait qu'un plan obstrué, trop étroit pour les contenir tous deux.

Mais le dernier jour de juin, Alexandre reçut, vers 6 heures, un appel de Jean. Sa voix était hésitante, ses propos confus, comme un monologue énoncé en apnée dont le sens qui se dégageait peu à peu fit jaillir dans le cerveau d'Alexandre une image, une image qui au fil des mots se densifiait, se colorait surtout, qui lui fit presque lâcher l'appareil, comme si la main qui le tenait avait soudain été frappée d'hypotonie.

Un ruban jaune portant en lettres noires l'inscription « gendarmerie nationale » barrait l'accès du pré. Une Seat Leon Cupra bleu nuit était garée sur le bas-côté avec, à l'avant du capot, des bandes de signalisation rappelant le motif du ruban. Derrière était stationné l'utilitaire orange de Jean. Après plus de dix jours de chaleur sèche, l'herbe avait jauni et une brise tiède faisait poudroyer dans un cône de lumière crue des nuages de pollen.

En regardant vers l'ouest, Alexandre distingua deux hommes en uniforme dont l'un semblait prendre des clichés du sol avec son téléphone. À l'autre extrémité, Jean, le dos tourné semblait observer bois de Mont.

C'est en s'approchant à pas lents vers les gendarmes qu'Alexandre aperçut le franches-montagnes d'abord par sa croupe, étendu sur le flanc gauche, dans une configuration qui lui fit l'effet dans un premier temps d'être la proie d'une hallucination, convaincu que son cerveau produisait des perceptions sensorielles inadéquates, des représentations déformées, des visions éclatées du monde et, à cet instant, du franches-montagnes morcelé, dont une partie se trouvait à deux bons mètres de l'autre avec entre les deux un espace creux, un vide herbeux de couleur brune.

Chacun des deux hommes s'affairait à l'examen d'une des parties, le plus éloigné contraignant Alexandre à détourner son regard vers le ciel, avant de brusquement lui faire face, la tête du franches-montagnes sectionnée à la base de l'encolure comme une statue brisée, barrée au front par sa croix blanche qui accentuait ses allures de martyr. À l'autre extrémité pendaient comme les fils éventrés d'un réseau électrique des lambeaux de chair multicolores qui dessinaient sur le fond crénelé de l'herbe de fines arabesques et sur lesquels s'abattait une nuée de mouches noires.

Ce fut à l'instant où le capitaine Destrade, délaissant l'examen du corps de l'animal, s'adressa à lui qu'Alexandre fut saisi d'un spasme suivi d'une régurgitation en deux temps du repas avalé trois heures plus tôt, salade de quinoa et tarte aux figues, dans la voiture-bar du TGV où, par annonces régulières, il était au nom de la planète remercié d'avoir choisi le train pour ses déplacements.

– Vous êtes le propriétaire du cheval, monsieur Wisnievsky ? Nous avons été alertés par M. Colas. L'animal a été décapité dans la nuit d'après nos constatations. Vous n'avez rien entendu ou constaté d'anormal ?

Le ton du gendarme était sans rapport avec celui de leur dernier entretien. Il en suintait une bienveillance retenue, une compassion maîtrisée, le produit d'un exercice maintes fois répété. Il s'agissait du troisième cas dans la région, parmi la trentaine déjà signalée dans toute la France. Il semblait que l'on avait affaire à un groupe organisé, peut-être un gang satanique, mais aucune piste n'était écartée. Ils se contentaient habituellement de découper une oreille ou les parties génitales. Les décapitations étaient rares, pour ne pas dire exceptionnelles. Il n'y avait aucune logique à leurs agissements.

– Ils massacrent aussi bien des trotteurs de grande valeur que des chevaux de trait, des poneys ou même des… quelle est l'origine du cheval ?

– Un franches-montagnes.

En prononçant ces mots, Alexandre sentit monter un sanglot qui parut un instant vaciller, avant d'amorcer un reflux. Jamais la race de l'animal ne lui avait semblé si bien signifier la noblesse de son port, digne sans doute jusqu'au supplice, une bête sincère, dépourvue en quelque sorte d'arrière-pensée.

Tandis qu'ils remontaient la côte des Baraques en direction de la longère, Alexandre, encadré par les deux gendarmes, le palais encore imprégné d'une odeur bileuse, les jambes flasques, voyait défiler un étrange photogramme où les vues élémentaires de la scène se succédaient dans les deux sens. En marche arrière d'abord, où les morceaux se rapprochaient, les tendons, les nerfs et les vaisseaux s'ajointaient, faisant s'accoler les deux parties de l'animal, avant que la scène ne reprenne son ordre naturel, le mouvement du couteau sur l'encolure, un couteau sans mains, sans bras pour actionner son va-et-vient, trancher net. Un peu plus tôt, il y avait eu un homme, des hommes. Ils étaient entrés dans le champ, s'étaient approchés du cheval. L'un d'eux l'avait attiré avec une pomme ou un morceau de pain dur tandis que l'autre lui passait un licol, une corde plutôt, directement fixée à l'encolure. À quel moment le franches-montagnes avait-il compris leurs intentions ? Avant l'odeur, la vue de son propre sang, avant le contact de la lame sur son poil, la première sensation d'une déchirure ? Aucune bête ne pouvait en tuer une autre de cette façon, nette et méthodique. C'était le propre de l'homme, cette rigueur dans la barbarie, cette justesse dans l'exécution. Un Tchétchène aurait été capable de cela. Kevin, sur ce point, avait sans doute raison ; il aurait pu affronter le regard de l'animal à l'instant où s'enfonçait le couteau dans sa chair. Au sommet de la côte, il fut à nouveau pris de nausée. La longère en bout de route, la forêt au-dessus, le pré sur sa gauche, le Morvan tout entier lui apparaissaient comme concentration de ruines, d'éléments ravagés. Seul le corps de Jean, qui marchait quelques mètres plus haut, les épaules courbées vers le sol, semblait encore tenir debout.

– Il se passe beaucoup de choses à Saint-Aman en ce moment, monsieur Wisnievsky, avait observé le capitaine d'un ton las à l'issue de sa seconde déposition.

L'autre gendarme avait recueilli le témoignage de Jean. Jean, le premier, avait vu la tête du franches-montagnes en jetant un œil par-dessus la haie ce matin avant d'aller faner. Il n'y avait pas cru, disait-il. Il n'avait pas pensé qu'un jour il verrait une chose comme ça. Non pas qu'il aimait les chevaux, mais pour leur découper la tête il fallait avoir quelque chose de pourri dans le cerveau. Dans la région, il en avait vu des types s'essayer à des choses bizarres avec les animaux. Des gars avec leur chien, ou même avec une oie, il avait déjà vu ça ici. Le Morvan en était plein, prêts à fourrer leur machin n'importe où, dans n'importe quel trou humide. Il avait même une fois surpris un môme la bite coincée dans une trayeuse électrique. Mais ça, jamais. Sans raison. Ça le dépassait.

– Ils en avaient sûrement une, avait ajouté le gendarme qui accompagnait le capitaine Destrade, un type plus jeune à la voix fluette, au front étroit. Il paraît qu'ils prennent le sang pour s'en enduire le corps et le boire, histoire d'avoir la force du cheval. J'ai lu ça dans un rapport d'expertise.

– On ne peut écarter aucune piste, avait conclu Destrade, le front plissé, tout en rassemblant les documents éparpillés sur la table.

Sur le perron, tandis que son équipier s'était déjà engagé dans la cour, le gendarme s'immobilisa un bref instant, « Des nouvelles de Kevin Frappier ? », Alexandre avait répondu d'un mouvement négatif de la tête, une inclinaison d'une amplitude dérisoire grippée par l'hésitation, la peur, mais aussi la douleur.

Assis face à face, Jean et Alexandre étaient restés plusieurs minutes silencieux après le départ des gendarmes. Le franches-montagnes, c'était une partie de leur histoire à tous les deux. Cette bête leur en avait raconté, des anecdotes désopilantes au point qu'il avait l'impression que le cheval riait lui aussi lorsqu'il lui rendait visite. Jean, qui le nourrissait depuis des années, avait, contrairement à ses vaches, peu de choses à dire à cet animal inutile. Mais avec le temps des liens s'étaient tissés. Il lui parlait parfois de la qualité des herbages, du froid qui descendait l'hiver du Haut-Folin ou des piquets de clôture à changer. Un jour, l'animal lui avait pris le lobe de l'oreille. Entre les lèvres, pour une succion délicate. « Tant que c'est l'oreille ! » lui avait rétorqué Alexandre, piqué tout de même par l'évidente complicité.

– Tu connais Frappier ? lui avait demandé Jean d'un air réprobateur.

Alexandre s'était borné à relater les réunions de l'association. Jean avait connu son père. Enfin, connu était un grand mot. Un conducteur d'engins à la sablière du Frenil. Un ivrogne qui cognait dur. Sa femme, ses gosses, tout ce qui tombait entre ses mains et même un jour son chef de chantier. Il y avait eu une plainte, mais le père Frappier avait été emporté en trois mois par un cancer du pancréas. Le fils avait six ans. Jean ne le connaissait pas, mais les chats ne faisaient pas des chiens. Pourquoi Destrade voulait-il lui parler ?

– Pour le mât.

– C'est lui qu'a fait ça ?

– Tu peux t'occuper du cheval ?

– J'appellerai l'équarrisseur quand ils auront fini avec l'enquête. Il viendra le chercher.

Il y eut le surlendemain un bref article dans *L'Yonne républicaine*, mais le nom Alexandre n'y figurait pas, comme il l'avait demandé à la jeune journaliste venue la veille à Saint-Aman en compagnie d'un photographe. L'article, intitulé « Chevaux mutilés en Bourgogne : la série macabre se poursuit », était rédigé dans un style sobre et accompagné d'un cliché montrant les traces de sang séché sur un carré d'herbe. Le photographe avait en vain sollicité des photos du franches-montagnes, Alexandre n'en disposait d'aucune.

La journaliste portait une robe courte à motifs floraux qui s'évasait sur des cuisses potelées marquées à la base du genou par un pli épais au-dessus duquel retombait mollement un bourrelet charnu. Ses mollets étaient zébrés par les lanières d'une paire de sandales spartiates. Elle avait un visage rond et harmonieux, des yeux bleu pâle et une coupe de cheveux en carré plongeant. Une physionomie indécise qui évoquait à Alexandre celle d'une poupée fermière ou la secrétaire de direction d'une succursale du Crédit Agricole. En dépit des circonstances, il ne pouvait s'empêcher de jeter des regards furtifs en direction de ses mollets, en particulier la zone où s'entrecroisaient les lanières de ses scandales, délimitant des losanges de peau bistre. Cette zone, étendue des chevilles au tiers moyen de la jambe, concentrait sur quelques centimètres la suggestion d'une servitude, un écran miniature sur lequel il voyait se projeter la promesse de pratiques obscènes, harnachement, bondage, qui lui fit ressentir au fil de l'entretien un désir froid et détaché, comme si l'œil et le mollet s'étaient absentés des corps et des esprits pour échanger seuls dans une langue muette et magnétique. Alexandre songea alors à l'étrange proximité des émois antagonistes, son envie soudaine de se précipiter sous la table pour se saisir à pleines mains, à pleine bouche de la jambe veinée de cuir, en respirer les odeurs de sueur tannée, tandis qu'ils évoquaient le sort de l'animal décapité, l'image de la chair voluptueuse de l'une accolée à celle répugnante de l'autre, une scène de fusion entre le sexe et la camarde qui dessinait autour de la longère des rondes de plus en plus rapprochées.

Mais il se limita au récit d'une relation homme-cheval tumultueuse, dense et complexe, la lente élaboration d'une langue commune entre l'homme et l'animal, la description des étapes lui ayant permis d'approcher son *devenir cheval* qui fit forte impression à la jeune femme.

– Ah, les fils de putes !

Il y eut de multiples variations. Toutes exprimaient chez Kevin tantôt la même rancœur, tantôt la même furie induite par cette conviction que certains hommes, au sud et à l'est surtout, étaient moins que des hommes, moins que des femmes même, moins que des chiens et que leurs déjections, ou alors des fécalomes, des morceaux de merde durcis, incapables de se montrer en pleine lumière, tapis dans un cloaque. Égorger un mouton tous les ans, un enseignant et désormais un cheval appartenait aux traditions d'une race vénéneuse depuis les prémices de l'humanité.

La souffrance des animaux déchirait Kevin au plus profond. Il les avait toujours préférés aux humains, question de sincérité. Aucun chien, même le pire des rottweilers et il en avait côtoyé des pervers, n'aurait pu descendre à ce niveau de bestialité. Les animaux lui donnaient l'occasion de vivre des expériences uniques, des instants rares de sérénité, et c'est pour cette raison qu'il avait pris la décision de vivre seul, loin des hommes, lui, les chiens et la nature tout autour, avait conclu Kevin tandis qu'ils effectuaient ce jour-là le tour complet du lac de Magnence.

Alexandre songea qu'en dépit du style, les raisons qui avaient conduit à son propre isolement dans le Morvan au cours de ces dernières années n'étaient pas si éloignées. Lui aussi éprouvait un dédain croissant pour la plupart de ses concitoyens, et en premier lieu ceux qui gravitaient dans son environnement immédiat, enseignants en sciences humaines, écrivains, journalistes, intermittents du spectacle, avant que le cercle de ses irritations ne s'élargisse par couches concentriques à d'autres représentants de ces pseudo-élites urbaines, tous ces individus qui se déclaraient « ouverts » au point que leur univers ressemblait à un cylindre creux, traversé d'une extrémité à l'autre par de puissants courants d'air, idéalement incarnés par ces géants au pilier malingre, brassant le vide en agitant leurs ailes de carbone. Ces individus étaient les dignes représentants d'un monde qui ne savait plus que réparer hideusement les désastres qu'il engendrait, maltraiter la pudeur avec laquelle la nature se dissimulait, violée dans ces parcs à rotors métalliques, anéantie par ces monstres prétentieux qui s'exhibaient sans retenue, sans égard pour les ciels, les lignes d'horizon, les crêtes des massifs, les rondeurs des vallons, toute cette beauté miraculeuse qu'ils souillaient impunément.

– Les gendarmes ont parlé d'un gang satanique, avait-il précisé pour la forme.

– Gang satanique, mon cul ! avait rétorqué Kevin.

C'était un avertissement, une lettre de rappel, un coup de klaxon des égorgeurs de mouton avant la suite, le message était clair. Le prochain qu'ils découperaient en deux ne se nourrirait pas d'avoine, ne hennirait pas, ne posséderait ni une longue queue ni grandes oreilles, il pouvait le croire.

– J'ai l'argent, avait alors lâché Alexandre d'une voix étouffée, tandis qu'un colvert atterrissait à quelques mètres d'eux à la surface du lac, fissurant d'un long trait le miroir liquide.

Kevin balayait les alentours d'un regard circulaire, tournant sur lui-même tout en évitant de regarder Alexandre en face.

– Combien ?

Combien. C'était la question que Blizzard adressait au même moment aux membres du conseil municipal de Saint-Aman, réuni en session plénière exceptionnelle en présence du directeur commercial adjoint de la division France d'Uber Wind. Combien de temps allaient-ils accepter de voir l'avenir de Saint-Aman obstrué par des étrangers, des vandales, des touristes qui à peine installés dans le parc se chargeaient de leur expliquer ce qui était bon ou mauvais, utile ou inutile pour ses habitants, eux dont les parents, les grands-parents et au-delà étaient nés et avaient travaillé ici, dans ces fermes, dans ces champs, dans ces forêts ? Sur la chemise à manches courtes du maire apparaissaient des taches opaques qui, de la région des aisselles, gagnaient peu à peu les flancs, une humidité rageuse que l'on pouvait également observer par ce lourd après-midi de juillet sur celle du directeur commercial adjoint, plaquée contre la peau à l'endroit du thorax, mais aussi sur les fronts des participants, glissant le long des nuques, obligeant les conseillers à s'éventer avec ce qu'ils pouvaient, feuille de papier, bob ou plat de la main. Les mairies exsangues, les écoles fermées, les exploitations agricoles condamnées et demain une réserve d'animaux, un parc d'indigènes, avant l'extinction finale, voilà l'avenir qui vous tend les bras, avait conclu le maire sous les hochements approbateurs de l'émissaire d'Uber Wind qui avait des choses à leur dire, des choses pas forcément plaisantes à entendre, mais à qui il préférait laisser la parole.

Le directeur commercial adjoint s'était délesté de sa veste, exhibant l'intégralité de sa chemise dont le coton semblait avoir atteint les limites de ses propriétés absorbantes. De fines gouttelettes commençaient à perler par le col, agglutinant les poils qui émergeaient au sommet comme la garniture humide d'un pinceau. La sueur était partout, sur tous les visages, dans tous les plis, sur les paumes, sous les bras, saturant l'air de ses émanations composites, rances, acides ou salées selon les épidermes, des relents figés dans la pièce par l'absence de tout courant d'air ou d'un simple ventilateur. Tous respiraient les effluves que leur peau recrachait avec indifférence, luttaient avec la même économie de gestes dans cette moiteur poisseuse, tendus vers l'orateur comme des draps trempés sur un fil à linge.

– Je ne serai pas long, car monsieur le maire a résumé l'essentiel. À UberWind France, nous avons été marqués par les événements, je ne vous le cacherai pas. C'est la première fois qu'un acte d'une telle violence se produit, et nombreux sont les membres de l'équipe commerciale impliqués depuis des mois dans ce projet à avoir été choqués au point qu'une cellule de soutien psychologique leur a été proposée par la maison mère. Ce saccage, j'allais dire ce ravage, c'est celui de chacun d'entre nous, celui de Magalie, responsable des livraisons, de Pierre-Éric, comptable, de Jehan, attaché commercial, et de bien d'autres, je ne peux pas tous les nommer ici. C'est toute une équipe qui est sous le choc, assaillie pour certains par des terreurs nocturnes, des visions d'effondrement, des perceptions de fracas. Si j'osais une comparaison, je dirais que pour beaucoup d'entre nous, c'est l'image d'une gestation brusquement interrompue, d'une racine sectionnée – en tous les cas bien davantage que la destruction d'une pièce en fibre d'aluminium –, qui s'est imposée à tous. C'est avant tout une « solution » (le directeur commercial adjoint avait encadré le mot de guillemets fictifs illustrés par une double flexion des phalanges de l'index et du majeur), pour l'avenir du parc, mais aussi pour l'ensemble des habitants de Saint-Aman qui a été anéantie. Notre volonté, j'allais dire notre désir, de vous donner ici un espoir pour la commune et au-delà pour la planète tout entière. Anticiper ici les ravages pour le climat, la hausse des températures, la désertification des sols comme là-bas la montée des océans ou la fonte du permafrost. C'est d'ailleurs pour toutes ces raisons que vous avez fait le choix de confier une partie de votre avenir à Uber Wind. Pour vous protéger. Pour nous protéger.

Le directeur commercial adjoint s'interrompit le temps de vider le contenu d'un quart de bouteille plastique d'eau Cristaline face à une assemblée pétrifiée, osant à peine lever les yeux en direction de l'orateur ruisselant, comme si elle était elle-même responsable de la chaleur étouffante qui écrasait la salle du conseil.

– Mais notre réaction à Uber Wind France importe peu. Notre siège à Wiesbaden, que monsieur le maire a pu visiter, nous observe et se pose des questions. L'Allemagne nous regarde. L'Allemagne vous regarde. N'a-t-on pas commis une erreur en choisissant Saint-Aman comme partenaire de cette grande odyssée ? Saint-Aman est-il à la hauteur des investissements d'Uber Wind ? Doit-on laisser à Saint-Aman une seconde chance ou le laisser sur le bord de la route ? Permettre à d'autres de prendre ce train à grande vitesse, le train d'un avenir qui se réinvente ?

Joëlle Bitteubieu, seconde adjointe chargée des fêtes et des cérémonies, leva à cet instant une main timide.

– Mais on n'est pas responsables, nous…

– Chère madame, nous savons cela et, comme vous, je trouverais cette décision bien injuste. Mais il y a à Saint-Aman ou pas très loin des gens qui pensent autrement, penser étant un bien grand mot pour des individus qui ne savent que détruire, anéantir, déconstruire.

C'est à cet instant de tension maximale que Blizzard se leva et s'avança d'un pas déterminé vers le directeur commercial adjoint. D'une voix solennelle, il annonça à l'émissaire d'Uber Wind que le conseil avait voté à l'unanimité pour le doublement du parc éolien prévu initialement, mais surtout exprimé sa volonté d'orienter son choix d'équipement vers l'Alpha Ventus X, le dernier-né de la firme germanique, un colosse à deux têtes de deux cent soixante-dix mètres de hauteur doté d'une turbine de sept cents tonnes capables d'envoyer du gigawatt jusque dans le Beaujolais. Un gage de reconnaissance et de fidélité de la part des habitants de Saint-Aman, avait-il ajouté. Le directeur adjoint avait accueilli cette caution de principe d'une moue reconnaissante, une force d'engagement qu'il ne manquerait pas de transmettre à Wiesbaden où la balle se trouvait désormais, un camp très sollicité, mais qui ne manquerait pas d'être sensible à ces marques de bonne volonté.

Les membres du conseil municipal s'étaient dispersés tard dans la soirée d'un pas lourd, comme s'ils portaient le poids d'un péché, les affres d'un sacrifice honteux, coupables par leur seule condition d'habitants de Saint-Aman ; des résidents en partie souillés par la médiocrité de leurs semblables, mais animés d'une conviction plus forte, d'un désir plus puissant encore de déposer au pied de l'Alpha Ventus l'avenir de leur situation précaire.

Légèrement hypnotisé par les ondes qui, au contact des gouttes brunes, gagnaient en s'élargissant la périphérie de la verseuse de sa cafetière, le capitaine Destrade s'abandonnait à un état d'engourdissement favorisé par une nuit maigre en sommeil. Sans doute la conséquence de l'orage violent qui s'était abattu en milieu de nuit sur le nord du Nivernais, mais en partie seulement. Les événements de ces derniers jours le préoccupaient, l'éblouissaient même un peu, comme si un projecteur avait soudain été pointé sur sa personne, le plaçant au centre d'une agitation inédite où convergeaient les regards de sa hiérarchie, l'attention des antennes de gendarmerie et des municipalités alentour jusqu'aux préfectures de l'Yonne et de la Nièvre. La raison, ou plutôt les raisons, la multiplicité de faits exceptionnels si rapprochés dans le temps, cette salve d'extrasystoles sur un tracé d'électrocardiogramme habituellement sans histoires, à la limite du terne, du moins depuis qu'il avait pris ses fonctions à Éloisse. Des événements dont la conjonction aurait pu relever de l'aléatoire, de la loi des séries, comme l'avait suggéré le gendarme Gally, à ceci près qu'ils se trouvaient concentrés dans un périmètre étroit, sur la commune de Saint-Aman, et qu'ils s'entrecroisaient en un point précis, ou plutôt en un seul et même individu, un résident de la commune à la personnalité étrange, cet Alexandre Wisnievsky. Le capitaine Destrade peinait à le définir, mi-effrayé, mi-torturé, en tous les cas une attitude peu naturelle, à moins que ce soit dû à sa profession d'écrivain tout comme un postier était bavard ou un garagiste menteur.

Il en était à ce stade de ses réflexions lorsqu'il entendit un frottement derrière lui. Un son à peine plus audible que celui d'une caresse sur une pierre, en l'occurrence celle provoquée par la plante des pieds d'Aurore sur le carrelage en damier, et qui avançait dans la cuisine en s'étreignant par les épaules, témoignage d'une fraîcheur héritée de l'orage nocturne et insuffisamment tempérée par sa courte chemise de nuit en coton rose pâle. Aurore l'embrassa dans le cou avant de s'asseoir sur ses genoux, face à la table où deux tasses, un beurrier, une corbeille de pain et un pot de confiture étaient disposés. Nicolas Destrade posa sur l'une de ses cuisses sa main libre, sans lâcher de l'autre sa tasse de café. Le contact du soyeux de sa peau lisse, comme repassée au fer tiède, appartenait à la catégorie des sensations les plus intenses qu'il lui avait été donné d'éprouver dans sa vie. À quelques centimètres au-dessus de ses doigts il vit se dessiner sous le tissu de la chemise de nuit la forme oblongue du sexe d'Aurore, mais il refréna son envie puissante de s'en saisir à pleines mains.

Destrade regarda sa montre. Huit heures moins vingt, il lui restait à peine vingt minutes pour se lever, s'habiller et parcourir les cinq kilomètres qui séparaient le pavillon de fonction de la gendarmerie d'Éloisse. Il se contenta de saisir Aurore fermement par les hanches et la releva d'un geste ferme. Sa légèreté était surprenante, comme un corps sans squelette, ou évidé, une cellule dépourvue d'organites.

Ils s'étaient rencontrés sur un site d'annonces généralistes de la région proposant des offres variées – animaux, offres d'emploi, CV-thèque, véhicules, immobilier –, mais surtout fréquenté pour sa rubrique consacrée aux rencontres entre adultes. Différents onglets proposaient un choix varié – amicales, éphémères ou durables –, et offraient surtout une typologie affinée des sous-catégories de partenaires et le tout sans abonnement, un gage de discrétion indispensable dans sa position. Destrade fréquentait le site depuis environ trois ans. Les deux premières années, il avait alterné les rencontres entre *adultes hétéros* dans les rubriques consacrées aux relations *éphémères* ou *durables*, mais toutes s'étaient révélées décevantes : rendez-vous d'un soir ou prolongée par deux ou trois soirées au cinéma, ou à la pizzeria Del Arte du môle d'Autun, des aventures médiocres au cours desquelles il éprouvait au moment crucial des difficultés croissantes à obtenir une érection efficace et, quelle que soit sa partenaire – employée de grande surface ou d'une compagnie d'assurances, assistante dentaire, monitrice d'équitation, jeune ou mature, ronde ou menue, intégralement épilée ou au sexe foisonnant –, il lui fallait se masturber de plus en plus vigoureusement avant de parvenir à enfiler un préservatif aux effets plus inhibants encore. C'est au hasard du menu déroulant qu'il s'était peu à peu laissé déporter vers l'onglet consacré aux rencontres éphémères entre *adultes gays*, ce qui l'avait conduit à une première relation désastreuse avec un contrôleur de gestion de Nevers dans un hôtel Best Western situé en périphérie de la ville. Il s'était littéralement enfui à la vue du corps velu de son partenaire ainsi que de son sexe, étrangement recourbé, comme si le contrôleur de gestion avait voulu pointer son propre nombril par l'extrémité de son gland.

Après ces expériences, Destrade fut convaincu que rien ni personne, aucun onglet du site de rencontres, nulle part dans la région, en France, dans le monde entier, homme ou femme, n'était en mesure de stimuler et d'entretenir son désir et encore moins de provoquer ce bouleversement des sens qu'il n'avait à vrai dire jamais réellement éprouvé. Qu'il lui faudrait dévier le cours de sa sève, sa semence, ses émois, en réguler les flux comme ces fleuves que l'on détourne de leur estuaire naturel. Il ne se masturbait d'ailleurs presque plus, ayant même épuisé le souvenir stimulant du corps des dernières femmes qu'il avait désiré, comme Charlotte, une élève de l'école de gendarmerie de Melun, qui l'avait quitté pour un kinésithérapeute d'Orléans le jour de leur nomination au grade de sous-lieutenant. Jusqu'au jour où il avait laissé son index dériver vers des territoires inconnus, des sous-catégories qu'il n'avait jamais songé à explorer. Les *pics* suggestifs et plus ou moins dénudés qui accompagnaient le profil d'Aurore avaient produit sur le gendarme un effet inédit. En quelques clichés, son anatomie s'y dévoilait presque entièrement (à l'exception du visage), mais par fragments : longues jambes gainées dans des bas noirs, bassin couvert d'un caraco dentelé qui laissait entrevoir sous le tulle son sexe imberbe, son torse glabre et étroit couvert aux épaules par les pointes d'une chevelure auburn.

Le profil, rédigé dans un style naïf où se mélangeaient les accords de genre, et surtout cette dénomination de *femboy*, l'avait troublé comme si ce mot, qu'il voyait davantage qu'il ne le lisait, possédait un attrait magnétique, un mot qui, à chacune de ses extrémités, le stimulait d'une manière singulière, leur liaison suscitant un émoi plus mystérieux encore. Lorsqu'il l'avait déshabillé, le soir de leur première rencontre, il avait éprouvé une excitation si puissante qu'il avait failli jouir juste en l'observant. Ce qu'il voyait apparaître sous ses yeux, au fur et à mesure qu'Aurore se dénudait – ce corps singulier, semblable à aucun autre, qui indiquait tout et son contraire, se contredisait à plusieurs endroits, masculin, féminin ou enfantin, ne signifiant que sa propre singularité dans un équilibre stupéfiant –, lui donna l'impression qu'il pourrait bander sans discontinuer, nuit et jour, une érection infinie, sans chute, sans jamais voir la fin de son désir, là où hier son sexe mou lui indiquait l'étendue de son indécision. Il bandait pour son cul, sa peau, sa bite, ses pieds, son minois, ses traits de garçon effrayé, ses manières cristallines, tous ces morceaux d'Aurore dont la diversité contrastée en magnifiait chacun, et surtout pour Aurore, dans sa totalité.

Depuis six mois, ils se voyaient avec discrétion et la plupart du temps à une heure avancée de la soirée dans le studio d'Aurore à Dun-la-Tour, ou chez lui où il guettait son arrivée, enveloppé dans une attente délicieuse. Aurore travaillait au service comptabilité de chez Jardinât, une entreprise de la région spécialisée dans les aménagements extérieurs. Elle arrivait en garçon par prudence, s'éclipsait dans la salle de bains puis réapparaissait habillée, coiffée et maquillée, une métamorphose qu'il attendait fébrilement, tendu vers les bruits qui provenaient de la pièce, un filet d'eau, le spray d'une laque ou d'un parfum, croyant même percevoir celui du pinceau à fard, comme si c'était moins le résultat que cette transformation qui suscitait son bouleversement. Au bout de quelques semaines à peine, sa présence lui était devenue si indispensable qu'il éprouvait de grandes difficultés à passer une fin de soirée puis une nuit séparé d'Aurore. Un manque aigu de sa silhouette diaphane, de leurs échanges simples et naturels autour d'une tisane ou une eau-de-vie durant lesquels l'évocation de leurs expériences passées révélait l'évidence de leur désir d'aujourd'hui.

Alors qu'il roulait ce matin-là lentement vers la gendarmerie, le capitaine Destrade s'employait à dissiper les dernières voluptés d'une érection qui ne l'avait pas quitté depuis son départ, renforcée par ce très long baiser qu'ils avaient échangé, dans le garage, avant qu'il ne s'engouffre dans sa voiture.

Il tâchait de conserver le plus longtemps possible, tandis que défilait le décor familier de la route, l'image d'Aurore adossée sur le mur en béton, en équilibre sur une seule jambe, l'autre semi-repliée, semblable à ces flamants roses dans les reportages animaliers, et l'odeur boisée de sa chevelure mêlée à de discrets relents de Xylophène, importés de chez Jardinât et dont elle peinait à se débarrasser.

Durant son trajet, il se livra à une rapide synthèse des éléments de l'enquête, des enquêtes, plutôt. Il risquait d'être bientôt dessaisi de celle concernant la décapitation du cheval au bénéfice du parquet de la Nièvre, à moins qu'il ne soit en mesure d'établir un lien quelconque avec le saccage du mât, mais cette hypothèse résistait mal au contexte, ces mutilations en série n'obéissant à aucune logique topographique. Destrade, qui venait de la Touraine et devait sa mutation à une promotion avantageuse, avait une perception sinistre de la population du parc. La première chose qu'il avait remarquée était l'état de la dentition d'un certain nombre d'habitants. À cinquante ans à peine, beaucoup exhibaient malgré eux des rangées incomplètes ou gâtées de noir, lorsqu'ils ne portaient pas un râtelier dont la blancheur jurait avec l'épaisseur des traits, les corps en surpoids ou amaigris par l'alcool.

Sur le parking de la gendarmerie, Destrade effectua d'un geste souple un créneau. Bon Dieu ce qu'il aimait cette voiture ! Dans peu de temps, Aurore garerait sa Toyota Yaris face à l'enseigne de Jardinât puis irait se servir un café allongé à la machine installée à l'entrée des locaux commerciaux. Ensuite elle entamerait sa journée de travail dans un bureau exigu meublé d'armoires en fer face à un panneau de liège où étaient punaisées les cartes postales de vacances des employés, Lozère, Bretagne, Costa Brava et même les Antilles, un coquillage incrusté sur une mer d'azur. Le midi, elle déjeunerait dans le local cuisine en compagnie de Ludivine et Mathilde pendant que la plupart des autres, vendeurs, techniciens, manutentionnaires, iraient échanger un Ticket Restaurant contre un Whopper ou une margarita dans les enseignes de restauration rapide de la ZAC. Un jour, elle avait trouvé un mot dans son casier sans signature : *j'ai envi d'écarté ton petit cul rose, et te fecondé au jus pour que tu deviene ma petite femel.* Destrade songeait parfois à Aurore comme à une hermine au milieu d'une meute de loups, une poupée en porcelaine posée sur un meuble bancal, menacée à chaque mouvement. Il aurait souhaité la déposer dans une alcôve, une niche en pierre ou en marbre où elle aurait attendu en toute sécurité son retour.

En pénétrant dans le hall, et avant même de répondre au salut du gendarme de permanence, il ressentit une joie puérile à l'évocation de la soirée qui s'annonçait, comme la bande-annonce d'un film attendu, orchestrée par le crissement des pneus de la Toyota Yaris sur le gravier, avant qu'Aurore ne vienne s'enrouler autour de son torse et de ses épaules, se replier dans ses bras comme pour y tenir tout entière, dans quelques heures à peine.

– Bien dormi, capitaine ?

Le gendarme Naudet était un grand type sec d'à peine vingt-cinq ans qui cultivait son parler régional. Il faisait précéder tous les noms propres d'un *le* ou d'un *la*, « la Nicole », « le Francis », il « beutalait » quand il n'avait rien à faire, mangeait des « treuffes » et non des frites, abusait des voyelles diphtonguées, des montées mélodiques en fin de phrase.

– La PS de Dijon a appelé.

– Et ?

– Pour les empreintes de pneus, apparemment y aurait eu deux véhicules sur place de type 4x4 ou pick-up. Ils interrogent les fichiers des garagistes, on ne sait jamais, mais déjà on a les marques et les fiches techniques.

– Très bien.

– Sinon, il semblerait qu'il y ait encore une histoire de canasson, mais ce n'est pas pour nous.

– Où ça ?

– Près de Dole. C'est plus classique. Il avait encore sa tête. Mais pas les yeux. Le pire c'est qu'il était encore vivant. Ce sont les services vétérinaires qui l'ont abattu.

Destrade referma la porte de son bureau et se dirigea vers la machine à café. Tout en remplissant le filtre, il fut saisi par une violente douleur dans la tempe gauche qui manqua de lui faire perdre l'équilibre. La douleur dura deux bonnes minutes avant de s'estomper, laissant derrière elle une traînée floue, un sentiment d'irréalité comme s'il assistait en spectateur à la projection de ses propres déplacements dans le décor fidèlement restitué de l'antenne de gendarmerie.

Des jours et des nuits qui avaient suivi, Alexandre Wisnievsky conserva le souvenir d'un amas compact, une tache d'encre sur la frise de son existence au cours de laquelle les heures, les minutes, les secondes étaient chargées d'un même pigment, de ceux qui colorent habituellement le pressentiment d'une catastrophe imminente. Une frise jusqu'alors plutôt épargnée par les bavures de la fatalité : précarité économique, maladie, drames familiaux, sans parler des événements historiques qui n'avaient pas eu davantage d'incidence sur son quotidien qu'une légère brise marine dans un port de plaisance. Les perturbations, les courants agités, les mouvements dépressionnaires, il les secrétait lui-même, les auto-engendrait, intarissable producteur d'humeurs contrariées, d'inquiétudes innommables, d'insatisfaction en boucle. Une production purement endogène qui, faute d'adversaire autre que lui-même, se répandait à foison et saturait le contenant au point qu'un désastre externe aurait sans doute peiné à trouver une place au cœur de ses afflictions. Du moins jusqu'à aujourd'hui où, reclus dans sa longère, terrifié par le moindre bruit, il guettait derrière la porte, à travers les carreaux le signe, le son d'une effraction, d'une intrusion, le surgissement d'une barbe, d'un couteau, d'un sabre plus encore que d'un homme, qui serait suivi d'une scène d'horreur, au diapason de celle subie par le franches-montagnes, dont il serait la victime et le spectateur, face au miroir posé sur la maie du salon. Il n'avait d'autre vision de son avenir immédiat que celle offerte par ses bourreaux, aucune issue, aucune alternative, il n'imaginait aucun lieu où il aurait pu leur échapper, aucun moyen de les combattre, car, comme l'avait dit Kevin, les Tchétchènes étaient partout, invisibles, innombrables, se renouvelant si l'un venait à disparaître comme une armée de cafards. Il était pris dans la toile d'une veuve noire, bourdonnant d'effroi dans l'attente du retour de l'araignée. Sa seule arme, son unique instrument de défense, d'attaque, de combat, il en était dessaisi, car les mots, les mots, la grande affaire de sa vie, ces meurtriers de la chose, ces magiciens qui vous éloignent du chaos, à quoi lui servaient-ils désormais ? Parler avec les Tchétchènes n'avait servi à rien. Les Tchétchènes ne parlaient pas, ils agissaient seulement, ils entaillaient, sectionnaient, découpaient les câbles, les têtes d'homme ou de cheval. Ce peuple tout entier n'était qu'une gigantesque lame, une machette aiguisée. Il ne lui restait plus qu'à attendre, guetter à travers le Velux de sa chambre le Mitsubishi, ce vaisseau des morts piloté par un Charon tchétchène.

À environ soixante-dix kilomètres au sud, au onzième étage d'un immeuble de la cité des Épirey aux Grésilles, la situation était en tout point opposée ou presque. Mayerbek, assis sur un matelas posé à même le sol, observait le trou béant situé à l'entrecuisse de son jean. Un trou qui s'était agrandi au cours des derniers jours au point qu'il possédait désormais un accès visuel direct à son slip et même, dans cette position inconfortable, à un repli de sa couille gauche qui saillait à la manière d'une hernie dans l'entrebâillement du sous-vêtement.

Balancer ce jean, voilà ce qu'il aurait dû faire depuis longtemps, mais il ne parvenait pas à s'y résoudre. Il l'avait acheté en Pologne à un réfugié letton au centre de rétention de Lesznowola. Un endroit bourré d'agents du renseignement russe, le FSB, où il était resté plus d'un an avec la conviction qu'il finirait par se prendre une nuit un coup de couteau s'il ne foutait pas le camp. Le jean et Mayerbek avaient donc voyagé en camion de Lesznowola à Hambourg et de Hambourg à Bruxelles d'où on l'avait renvoyé en Pologne conformément aux accords de Dublin II, le dernier règlement en vigueur concernant le droit d'asile, qui seul était habilité à légiférer en matière de matelas et par extension de centre de rétention où il avait l'autorisation de poser son cul.

Ce périple hasardeux, Mayerbek le devait à son apparition malencontreuse sur une vidéo d'Imran Zeliev, un youtubeur exilé de Grozny qui avait failli se faire assassiner l'année précédente, en plein Londres, par les agents de Kadyrov. C'était à ces quelques secondes où l'on apercevait son visage sur le blog de Zelief, des images furtives, mal cadrées, mais assez nettes pour l'identifier, qu'il devait sa présence sur ce lit au sommier défoncé, à environ quatre mille kilomètres du sien. C'était à elles qu'il devait cette partie de cache-cache dans une bonne moitié de l'Europe, traqué par la police des frontières d'un côté et par les agents de Kadyrov de l'autre, à elles surtout qu'il devait de ne pas avoir revu Milana et Ruslan, sa femme et son fils, depuis plus de trois ans. Et pendant ce temps, Imran Zeliev se planquait quelque part en Angleterre pendant que lui n'avait comme perspective que ce trou à l'entrecuisse.

Mayerbek vivait en clandestin aux Grésilles

depuis environ huit mois. Un délai suffisant pour explorer la zone, quelques barres d'immeubles, les champs de céréales au nord, les premiers pavillons au sud, plus miteux que certains quartiers de Grozny où l'on avait reconstruit après les bombardements. On lui avait déconseillé de s'éloigner au-delà. Ici la police ne venait pas ou rarement. Mayerbek rendait quelques services, des petits trafics, un peu de manutention, mais il passait surtout un nombre d'heures indécent à regarder le plafond ou à se masturber devant les présentatrices météo ou les jeunes candidates de jeux télévisés. *N'oubliez pas les paroles* était de loin son préféré.

Ils étaient près d'une centaine dans l'immeuble, la plupart de Grozny ou des environs. Mayerbek leur parlait peu, il se méfiait beaucoup. Difficile en effet de savoir avec certitude à quelle sorte de réfugié on s'adressait, politique, économique, celui qui fuyait le *taïp*, les règles du clan familial, ou celui qui au contraire le respectait, celui qui voulait faire le djihad. Entre eux suintaient des divergences qui pouvaient s'avérer plus dangereuses qu'avec les Africains ou les Arabes de la cité. Dans le deux-pièces où Mayerbek logeait, ils étaient six hommes, tous du même *taïp*. Ils recevaient les ordres d'un oncle ou d'un cousin, un type de l'obchtchina, qui décidait de tout. Le père de Zelimkhan était un chef de clan. Un autre de ses fils vivait aux Grésilles.

La famille était enragée depuis la mort de l'adolescent. Ils voulaient de l'argent, beaucoup d'argent. Le Français avait de l'argent et il fallait le saigner comme un *zargla*, un porc. Mayerbek avait commis une erreur en embarquant Zelimkhan dans cette histoire et il était sur la sellette, attendu au tournant. Mais pourquoi ce con de Zelimkhan avait-il insisté pour venir avec eux ? Pour une centaine d'euros ou juste parce qu'il s'emmerdait à en crever lui aussi ? Maintenant il était enterré dans un trou au beau milieu d'une sapinière, un coin tellement paumé que Mayerbek serait incapable d'y retourner si un membre de la famille l'exigeait. Comment les deux frères s'étaient-ils retrouvés aux Grésilles sans famille ? Quand Mayerbek posait la question à Dzhamal, l'aîné, ce dernier restait vague. Il les avait entendus rire après la décapitation du professeur d'histoire-géographie par Anzorov. Ils avaient échangé des vidéos de l'enterrement à Chalaji avec toute la famille durant la fête qui avait suivi. Peut-être voulaient-ils eux aussi décapiter des Français.

À Grozny, il travaillait dans le garage d'Akhmad, son beau-frère. Il démontait les moteurs des vieux camions KamAZ et des Voskhod, des motos dont certaines avaient connu Brejnev. C'est comme ça qu'il avait rencontré Imran Zeliev. En réparant sa Tula TM3 200 cc, Zeliev l'avait invité chez lui quelquefois pour boire des bières. Il aimait faire le con, tourner des vidéos plus ou moins débiles et en balançait certaines sur la Toile. Il avait filmé Mayerbek plusieurs fois et ce dernier ne s'était jamais méfié. Une vraie connerie. Un jour, Zeliev avait disparu. Personne ne savait où il était passé. Ses parents avaient été interrogés et son père passé à tabac. Plusieurs personnes de son entourage avaient été arrêtées ou avaient simplement disparu. Un cousin de Mayerbek l'avait informé qu'il avait été identifié sur une vidéo, une référence burlesque à l'homophobie de Kadyrov que Zelief interprétait déguisé en folle, perruqué et maquillé. Mayerbek n'avait rien compris. Il n'en avait pas grand-chose à foutre des homosexuels de Grozny ni d'ailleurs et encore moins de Kadyrov et sa clique. Mayerbek était prêt à en témoigner. Il n'avait jamais eu le moindre désir, la moindre ambition de changer quoi que ce soit dans ce foutu pays. La Tchétchénie avait été choisie un jour sur le grand échiquier de la planète pour expier tous les péchés du monde jusqu'à la prochaine ère glaciaire, c'était comme ça qu'il voyait les choses. L'essentiel était de ne pas faire de vagues, leur assurer à tous les trois, lui, Milana et Ruslan, une existence potable, et sur ce point aussi il avait sérieusement merdé. Un jour, des types étaient venus au garage quand il était de repos. Ils le cherchaient. Des flics d'après Akhmad, qui lui avait conseillé de foutre le camp immédiatement. Il était parti se planquer pour quelques jours à la campagne chez une tante. Mais les types avaient débarqué chez lui, interrogé Milana et même Ruslan, un môme de sept ans. Elle avait failli en crever de trouille.

C'est comme ça qu'il s'était retrouvé aux Grésilles, sous ce plafond dont la peinture écaillée dessinait les contours d'un continent de plus en plus vaste, creusé par un océan d'enduit pâle, parsemé de crevasses de plus en plus profondes. Maintenant il devait s'occuper de ce type qui avait de l'argent et qui n'aimait pas les éoliennes, ce Français, un peuple étrange aux yeux de Mayerbek, même s'il n'avait pas eu l'occasion d'en fréquenter beaucoup d'autres. Avec les Marocains des Grésilles, il apprenait la langue au cas où. Il en appréciait les sonorités douces et monotones qui lui rappelaient une berceuse cosaque chantée par sa grand-mère, *Sur les cailloux, le Terek roule sombre et clapote*... L'autre, l'éleveur de chiens, Mayerbek ne l'aimait pas. Un vrai brouillard, ce mec, avec des manières bizarres, sincère ou non, impossible à savoir. Les types qui jouaient les caïds étaient toujours les plus inquiétants, les plus imprévisibles. Ils avaient rendez-vous le lendemain dans un bois près d'un village au nom imprononçable pour récupérer l'argent avant de le remettre au père de

Zelimkhan. Qu'est-ce qu'ils allaient faire avec tout ce fric ? Acheter des armes ? Ramener d'autres types encore plus paumés pour moisir aux Grésilles, dans ce trou où les habitants les observaient comme des bêtes dangereuses, depuis cette histoire de décapitation d'enseignant ?

Pour la mission du lendemain, il allait lui falloir à nouveau emprunter le Mitsubishi de Khasan et lui refiler 300 euros, pour la voiture plus un Makarov chargé, histoire de calmer le Français au cas où. Quand on voulait quelque chose aux Grésilles, on s'adressait toujours à Khasan. Pour un téléphone, une fille ou un peu de shit, tellement merdique qu'on avait l'impression de fumer du cirage. C'était pour Khasan que Mayerbek avait acheté le rottweiler l'année dernière. Ça lui avait rapporté 100 euros, et une heure avec une Biélorusse. Plus très jeune. Le corps de Milana lui manquait. Un corps d'enfant avec des seins pointus et des chevilles si fines qu'il les enserrait rien qu'avec le pouce et l'index. Mayerbek jeta un dernier coup d'œil à la béance située à l'endroit de son entrecuisse et se leva. Il était temps pour lui de se préparer.

Dans les premiers temps, Kevin avait eu un doute. Il n'arrivait pas à définir à qui il avait affaire. Il avait beau le sentir, l'observer, ça oscillait entre la curiosité et le malaise, à la différence des chiens qui détectaient en un instant la sérénité, la franchise ou, au contraire, la possibilité d'une menace. Désormais, il était sûr d'une chose, une chose déterminante : Wisnievsky était un type flasque, gélatineux, un corps dans lequel ses doigts se seraient enfoncés, chez qui les épaules, les cuisses auraient plié s'il avait exercé une pression même légère. Une absence de fermeté au point qu'il se demandait comment il pouvait tenir debout.

Il avait tapé son nom sur Google. Pas moins de quinze pages étaient proposées en bas de l'écran. Ça l'avait impressionné, au début, lui qui n'avait qu'une adresse SIRET pour le chenil. Outre les liens renvoyant à des titres obscurs, *Circulaire sur mon jeu*, *Anatomie d'un complexe*, que l'on pouvait encore commander sur Amazon ou se procurer dans certaines librairies parisiennes, il était tombé sur une interview donnée au magazine *Lire* dans laquelle Wisnievsky s'exhibait, comme une starlette de sitcom, mais avec des mots différents : « Un artisan de la mise en fiction de sa propre autoréalité », répondait-il à une question sur sa conception du métier d'écrivain et, un peu plus loin, « Un guerrier risquant à chaque virgule, à chaque métaphore, d'exploser sur les mines du langage… » Il terminait l'interview par la révélation de « [sa] mission : tendre [son] propre miroir au nom de ceux qui n'avaient pas les moyens d'affronter ce danger… »

Il avait relu plusieurs fois les phrases absconses, les mots épais comme le contenu d'un bac à ciment où la pâte humide et compacte bave sur les rebords. Un « guerrier »… Il voyait plutôt Wisnievsky comme une sorte de ballerine dont la chair molle s'étalait dans le « miroir » comme sur ces glaces déformantes de foire.

Il en avait croisé des Wisnievsky, tous constitués de la même matière. Le dernier en date, la dernière plutôt, c'était la juge aux affaires familiales. Pendant près de quinze minutes, en pleine salle d'audience au tribunal de Dijon, juste après avoir prononcé l'*ordonnance de protection* vis-à-vis de Valérie et des jumelles, elle s'était exprimée à peu près comme ça. De sa « confusion » entre les bêtes et les hommes, les femmes et les chiens, « Valérie et les beaucerons », son incapacité à « séparer les espaces sans en nier les différences ». Cette phrase, il ne l'avait pas oubliée. Il avait dû prendre sur lui pour ne pas s'approcher d'elle et l'étrangler à deux mains, pour se soumettre sans répondre aux mots lourds, baisser la tête comme ses chiens lorsqu'il élevait la voix. Il y repensait souvent, y répondait dans sa tête. Qu'est-ce que cette bonne femme grise dans sa tenue bouffante de corneille savait au juste de la manière dont il devait parler à Valérie, la manière dont Valérie aimait qu'il lui parle, la manière dont il devait se comporter avec Valérie, ce que Valérie aimait qu'il lui fasse ?

Pour Wisnievsky aussi, les choses avaient mal tourné. Aujourd'hui, il lui évoquait une serpillière qui dégageait une sale odeur, une odeur rance, une odeur de panique. Kevin la respirait même à travers l'écran de son smartphone, celle d'un type en décomposition. Wisnievsky, qui ne voulait pas d'éoliennes sur sa ligne d'horizon, mais qui était incapable de visualiser le paysage en arrière-plan, tout ce qui ne rentrait pas dans le « miroir », cette crasse qui se déposait ici et échappait aux radars pour la simple raison qu'il n'y en avait plus. Plus d'école, plus d'hôpital, plus de clubs sportifs, dans cette foutue diagonale du vide, comme ils disaient, plus qu'un long couloir creux comme ces espaces de contention où attendent les bêtes dans les abattoirs, pétrifiées, et où elles respirent déjà l'odeur de mort de leurs congénères. En bordure, ils installaient des Tchétchènes, sans doute parce qu'ils ne savaient plus quoi ou qui mettre à leur place, des insectes nécrophages qui survivaient de la chair des cadavres après leur avoir ôté la fourrure ou les plumes. Un beau spectacle pour « l'artisan de l'autoréalité ». De voir Wisnievsky dessécher dans sa longère, comme ces méduses qu'il avait découvertes à marée basse à Royan avec les filles, était tout de même un spectacle plutôt réjouissant. Ce type avait été capable de trouver plus de 100 000 euros comme ça, en écrivant ce genre de choses. Avec l'argent, il aurait pu retourner à Royan avec les filles ; quatre ans qu'il ne les avait emmenées nulle part ; si la juge des affaires familiales acceptait. Mais l'argent était pour les Tchétchènes, une fois de plus, au même titre que le RSA, la CMU et les allocations logement. Kevin composa le numéro d'Alexandre. Il entendit aussitôt sa voix se fissurer.

– Seize heures demain à l'entrée nord de la forêt au Duc, tu vois où c'est ? Je passerai te chercher. Après c'est terminé. Avec eux, c'est œil pour œil…

À l'autre bout du fil, c'était l'image de l'œil à moitié entrouvert de Zelimkhan, la tête renversée sur la banquette du Mitsubishi, qui avait envahi l'esprit d'Alexandre. Cent mille euros pour cet œil, c'était le niveau d'équivalence où il avait basculé, lui, nourri au structuralisme, une régression jusqu'au Deutéronome, revisité par la mafia tchétchène. Terminé ? C'était vite dit. Les Tchétchènes respectaient-ils la loi du talion ? Avaient-ils seulement un sens de la limite, ou en appliquaient-ils une version ethnique ? Après l'œil, les dents, les mains, la tête ?...

Il pouvait tout aussi bien s'agir d'un simple échange commercial, conduit dans un pur esprit libéral, une transaction hostile comme il s'en effectuait des milliers chaque quart d'heure sur tous les marchés de la planète. Une fois le contrat honoré, dans ce cas, la vie reprendrait son cours, chaque partie satisfaite, les Tchétchènes, dédommagés de la perte d'un fils, d'un frère, d'un cousin au prix qu'ils avaient fixé, et lui, délesté de son péché. Le prix du deuil, et pour lui peut-être, celui de l'oubli. Mais y parviendrait-il ? Nietzsche, qu'il vénérait, avait écrasé la métaphysique platonicienne sur cette question. L'oubli était un devoir, l'expression d'une volonté. *L'homme qui est incapable de s'asseoir au seuil de l'instant en oubliant tous les événements passés et à venir, celui qui ne peut pas, sans vertige et sans peur, se dresser un instant tout debout, comme une victoire, ne saura jamais ce qu'est un bonheur et, ce qui est pire, il ne fera jamais rien pour donner du bonheur aux autres.* Une phrase qu'Alexandre n'avait jamais oubliée et qui trouvait là un point d'application inespéré, la possibilité de rendre le plus bel hommage au philosophe allemand. Le choix était là qui lui tendait les bras. Oublier, vivre, écrire… Il eut la vision éblouissante d'un futur qui lui tendait le bout des doigts, dès l'automne, qui sait, Fanny accrochée à son bras dans une forêt éclairée par le dernier rayon d'une lumière d'octobre, le feuillage des hêtres paré de couleur rouille le long d'un sentier mousseux. À peine percevrait-il l'empreinte du souvenir odieux, une trace si fine, un résidu dégradé de sa mémoire au point qu'après une ou deux saisons il ne lui serait plus accessible qu'au prix d'efforts soutenus et dans une configuration méconnaissable, sédimenté, comme ces fossiles d'organismes autrefois vivants. Oui, il y parviendrait, il en était sûr, car le propre de la vie d'Alexandre, le sens même de son existence était de n'offrir au souffle de la réalité qu'une prise minimale, de n'être concerné par cette dernière au même titre qu'une toile de maître par son cadre en bois. Ni Zelimkhan, ni Mayerbek, ni aucun Tchétchène n'était de nature à le déloger de cette place, sa place, celle d'où il observait, commentait, transposait, déformait, sans participer aux gesticulations puériles des hommes.

Il lui restait une étape, un simple intermède au cours duquel il n'avait qu'à serrer les dents, s'agripper au bastingage, attendre que ne réapparaisse le monde d'avant, désencombré, cette sereine vacuité sur laquelle il pourrait à nouveau disperser ses braises ardentes. Il nota cette dernière phrase sur son carnet et s'endormit ce soir-là avec la conviction qu'il venait peut-être, par ces quelques réflexions, de se sauver lui-même, que Nietzsche l'avait sauvé.

Étendue sur un bain de soleil en aluminium, sa jupe remontée jusqu'à la taille, un recueil de nouvelles de Jack London posé sur le ventre, Fanny offrait ses jambes nues à un soleil d'été encore puissant en cette fin d'après-midi d'août. L'ombre venait à mi-cuisses assombrir l'éclat doré de sa peau, dessinant les contours fictifs d'un bas de couleur mate. La chaleur qui l'enveloppait, le silence, interrompu par les rafales courtes et sèches d'un pivert cognant au tronc d'un hêtre, l'incitaient au relâchement, une dissolution tiède à l'intérieur de cet environnement voluptueux, rythmé par les martèlements hypnotiques de l'oiseau.

Des sensations inédites dans ce lieu où Fanny ressentait souvent sinon une hostilité, du moins une adversité, une opposition, une sorte de butée contre l'espace saturé par Alexandre. Un lieu où son corps ne pouvait que s'adapter à des territoires trop engorgés, où elle devait chercher des recoins, des interstices où se déplier, déposer ses rares objets sur le rebord d'une fenêtre, un angle de cheminée ou sur une étagère. Un lieu enfin et surtout où elle retrouvait ces derniers temps le fil d'un lien qui s'élimait, exhibait à de nombreux endroits des marques de disruption, laissant à nu un cordon étroit que la plus modeste des tractions pouvait déchirer, les laissant tous deux comme ces cosmonautes condamnés à l'errance dans les films de genre lorsque se rompt un câble de liaison avant que les corps peu à peu s'éloignent dans l'abîme interstellaire.

Mais, depuis quelques semaines, Fanny éprouvait la sensation d'un changement. Pas vraiment un bouleversement, mais plutôt les prémices d'un mouvement après une longue période d'immobilité durant laquelle, lorsqu'Alexandre et elle se retrouvaient, l'un et l'autre s'inhibaient, s'annulaient, au point de constituer deux entités neutres, ne disposant que d'un arsenal de résolutions stériles ou de perspectives sombres. Aujourd'hui, quelque chose s'animait, reprenait vie, émettait des signaux certes modestes, mais sensibles, de fines trémulations, des ébauches de geste, des intentions, des frôlements de regards, des frémissements d'intérêts communs.

Alexandre, lui, affichait à nouveau les manifestations de son désordre fragile, cette précarité qui l'émouvait lorsqu'il venait se réfugier certaines nuits entre ses bras, une situation qu'elle avait connue après leur rencontre quand l'écriture le prenait, l'avalait et qu'il venait se poser sur elle comme ces grands oiseaux migrateurs après un long vol. C'est ce même état de presque abandon qu'il lui offrait à présent et qui, outre l'annonce du retour de l'inspiration, lui signifiait qu'elle incarnait encore à ses yeux un refuge, la sérénité d'un asile où il pouvait relâcher cette tension accumulée durant toutes ces heures de capture puis de restitution de son univers sensible.

En cette fin de journée, le fluide doux, enveloppant, qui courait le long de ses téguments, atténuait les affres du dernier hiver qui avaient conduit Fanny à envisager sérieusement une rupture, une séparation d'avec cet homme de quinze ans son aîné, qui lui imposait cette relation en pointillé, recroquevillé dans sa longère, incapable de lui proposer l'existence simple et colorée à laquelle elle aspirait, couvrante sans être étouffante, enveloppante sans être oppressante. Vivait-elle la fin d'une relation dont elle avait épuisé les réserves, des réserves qui s'étaient constituées en un instant le jour de leur rencontre, comme une illumination, engendrée par cet homme un peu triste à l'occasion d'une signature dans une librairie du boulevard du Montparnasse ? Pourtant, sur ce transat, baignant dans la chaleur estivale, elle avait la sensation qu'ils empruntaient à pas lents un chemin inverse, un chemin familier qui les éloignait du pire, d'un lieu qui les effrayait tous deux. Elle pressentait qu'une onde robuste les protégeait, enfonçait les touches du clavier d'Alexandre, et tourbillonnait comme une caresse chaude à l'intérieur de son ventre.

Soudain, elle eut envie d'eau fraîche, de caresse humide sur sa peau nue qui prenait par endroits une teinte cuivrée. Elle se leva, se dirigea vers la salle de bains, délia la bretelle de sa robe qui tomba à ses pieds et s'observa nue dans le miroir mural. En détachant l'élastique qui retenait sa chevelure en un chignon bohème, elle observa avec ravissement ses deux seins, leur ferme déploiement sur la paroi du thorax et les trouva beaux, leurs aréoles plus foncées, presque brunes. Elle ressentit l'évidence du désir que son corps pouvait susciter et, comme sujette à une sorte de duplication, éprouva le désir de se posséder. Elle entra dans la cabine de douche et ouvrit le robinet d'eau froide. Le filet glacé la surprit puis elle s'habitua. Elle chercha à nouveau son image dans les reflets de la paroi et ressentit le désir d'un sexe d'homme, le sexe d'Alexandre dont elle était privée depuis plusieurs semaines. Elle se masturbait peu et n'avait plus eu d'amant depuis cette aventure fin janvier avec un journaliste de la radio Latina rencontré à la soirée d'anniversaire d'une collègue du lycée. Elle avait été grisée par l'attention que l'homme, plus jeune qu'elle, lui avait accordée, et surtout par les sept ou huit mojitos avalés au cours de la soirée. Du trajet jusqu'à l'appartement exigu du journaliste dans le XXe arrondissement, peut-être le boulevard de Ménilmontant, et ce qui avait suivi, elle conservait surtout le souvenir d'un détail qui écrasait tous les autres : la taille de ses testicules. Des bourses énormes comme elle n'en avait jamais vu, éclipsant les autres attributs du journaliste, jusqu'à sa queue qu'elle se souvenait vaguement avoir prise dans sa bouche, s'offrant une perspective sur ce sac volumineux, dur et touffu, tendu au point d'effacer le sillon qui en séparait les deux lobes. Dans son souvenir, le journaliste s'était montré appliqué, la plupart de ses gestes en accord avec le soin qu'il avait mis à plier ses vêtements sur un dossier de chaise. La façon dont il l'avait caressée, avait introduit ses doigts puis son sexe dans son vagin avec précaution, lui demandant à plusieurs reprises s'il lui faisait mal lui avait surtout évoqué un acte technique, un examen gynécologique, quelque chose en tous les cas de très éloigné du comportement débridé attendu chez un animateur d'une radio au *son latino*. Elle n'avait pas eu d'orgasme et ne conservait que le souvenir d'une frêle excitation, une stimulation plutôt, bordée et vigilante en dépit des mojitos.

Sous la douche, et tandis qu'elle effleurait son clitoris de l'index, Fanny fit un étrange collage entre les testicules proéminents du journaliste et la verge d'Alexandre. Elle aimait son sexe. Une belle taille, un gland largement découvert par la circoncision, lisse et harmonieux comme un galet poli par le flux d'une rivière. Elle appuya avec davantage de fermeté sur la base de son organe érectile, pendant que ses lèvres aspiraient le sexe gonflé à bloc, sa langue à la manière d'un pinceau éventail en lustrant la pointe jusqu'à faire jaillir par flux spasmodiques une liqueur d'un blanc de nacre, une production intarissable, un geyser de sperme qui s'échappait non seulement du sexe d'Alexandre, mais aussi du pommeau de la douche qu'elle voyait dans son délire sourdre en une multitude de lignes lactescentes, coulant sur ses cheveux, son dos et jusque sur son bassin, emplissant ses orifices, nez, bouche, anus, vagin. Fanny, les yeux mi-clos, ressentait la montée des premières salves qui bientôt allaient traverser son bassin, contracter ses cuisses quand elle entrevit soudain, entre les lignes aqueuses qui coulaient à la surface de la paroi en Plexiglas, une masse qui s'immobilisa dans l'encadrement de la porte du couloir, à environ trois mètres de la porte de la douche. Une silhouette translucide et flottante faite d'une nuance de noir et gris sombre dont les contours prenaient en s'approchant de la paroi vitrée des proportions difformes. À mesure qu'elle s'approchait, s'accumulaient les indices, elle ne pouvait en aucun cas être celle d'Alexandre.

En un instant, et en dépit du jet qui continuait à s'écouler sur son crâne, tout en elle s'assécha. Une aridité telle que même le hurlement par lequel Fanny tenta de traduire son effroi se mua en un râle éteint. Ce fut ainsi recroquevillée contre la paroi carrelée de la douche que Fanny apparut à l'homme, quand il fit coulisser la paroi vitrée. Dans un même mouvement, il détourna la tête et lui tendit une serviette, offrant à Fanny la vision fugace d'un crin noir épais qui surmontait un corps trapu, vêtu d'un chandail gris d'où s'échappait de tous les bords – avant-bras, cou et dos –, une pilosité drue.

– Vous, habillez ! dit l'homme avant de s'éloigner et de refermer la porte.

Son corps s'affaissa lentement le long du mur froid, son coccyx heurtant le receveur en fonte émaillée. Elle demeura ainsi hébétée, les genoux repliés jusqu'à ce qu'un frissonnement diffus la parcoure, l'eau fraîche se muant en glace, sa peau horripilée, recouverte de ces herses minuscules et dérisoires, comme les traces archaïques de combats livrés un jour par son épiderme. Une protection à la mesure de sa précarité, celle d'un animal pris au piège et dont l'instinct, sans doute conservé dans toutes les espèces, consistait à chercher du regard une issue, un trou, une faille, même les plus modestes, comme si son corps pouvait dans cet état accomplir des prouesses, sauter par la fenêtre ou se glisser à l'intérieur d'une anfractuosité, mais surtout courir, courir. Une vision semblable aux rêves de poursuite où la tentative d'échappée est entravée. Des perspectives aussitôt interrompues par un cognement lourd contre la porte – « Vous, habillez » –, un espace de possibles qui se refermait sur lui-même, obstruant toutes ses lignes de fuite.

Sortant à pas hésitants de la douche, Fanny remarqua par la fenêtre la position du soleil encore haut dans un ciel uniforme, indiquant un horaire imprécis, mais encore loin d'un début de soirée, loin du retour annoncé d'Alexandre, à moins qu'elle ne se trompe, son unique certitude étant à cet instant celle de sa solitude. Il lui fallut s'appuyer d'une main ferme contre la vasque en céramique du lavabo, trouvant dans ce geste une tenue lui permettant d'articuler un son, un son si faible qu'elle dut répéter deux fois une interrogation atonale : « Qui êtes-vous ? » Elle comprit après un long silence entrecoupé de quelques chuchotements que l'homme était deux, au moins deux, avant que lui parvienne une réponse, la répétition de la précédente injonction, formulée dans le même désordre grammatical, la même inversion du verbe et du sujet – « Vous, habillez ! » – comme si les protagonistes de cette scène de cauchemar ne connaissaient que deux mots, deux mots pour communiquer avec elle, et rien d'autre, le reste pouvant être d'une autre nature, des gestes, des coups…

Alors qu'elle tenait sa robe par la bretelle entre le pouce et l'index – une robe si courte, au tissu si léger qu'elle aurait pu la froisser comme un mouchoir et la contenir tout entière dans le creux de sa paume –, cherchant l'ouverture comme un mystère insondable, surgit un mot, plutôt son image, l'un et l'autre confondus, condensés, un *mobjet.* Un mot-écran justement, rectangulaire, lisse et plat qui aurait reflété la lumière du plafonnier, ou bien opaque comme un lac immobile dans lequel elle aurait pu plonger et disparaître jusqu'à ce qu'une main vienne la secourir… Son smartphone donc, cet organe exogène, cette matrice externe dont elle ne se séparait jamais, qu'elle ne délaissait pas du regard plus d'une minute sans en caresser la surface, cette dalle érectile sur laquelle la pulpe de son pouce se frottait, transmettait ses flux impatients aux grilles d'indium et de silicium qui s'incendiaient à son contact, elle ne pouvait pas l'avoir laissé, s'être déplacée sans lui jusqu'ici, il était sûrement là, sur le radiateur, sur l'étagère, en équilibre sur un porte-serviette, cette fusée de détresse sur laquelle elle se serait jetée comme une naufragée. C'est alors qu'elle l'aperçut, quelques mètres en contrebas, au pied du bain de soleil, posé sur la couverture du livre, masquant le portrait de Jack London dont seule la casquette émergeait, inaccessible, inconscient de lui-même, de son pouvoir, de sa puissance, comme Jack London. Elle ne l'avait jamais autant désiré.

Fanny posa sa main sur la poignée de la porte et, dans un geste lent, un geste qui s'interrompait sans cesse, comme si sa progression résultait d'une sorte de négociation avec l'intention suivante, la rotation du poignet, le fléchissement de ses doigts sur la porcelaine, elle l'abaissa sans exercer sur la porte l'ombre d'une traction, la moitié d'une ouverture donc, une intention incomplète ou en tous les cas inutile tant le manque de synergie entre les deux mouvements rendait vaine son intention finale, sans se douter que de l'autre côté, les hommes observaient le mouvement et attendaient, immobiles, de voir apparaître dans l'embrasure ce qu'ils étaient venus chercher.

Dans la ligne droite, longue d'un demi-kilomètre, à l'entrée nord de Saint-Aman, Alexandre lança la Clio à une pointe de cent dix kilomètres à l'heure. Après quelques ratés inauguraux, toussotements, vibrations, décélération brutale due sans doute à un allumage précaire ou un défaut de compression, le moteur à injection émit un vrombissement efficace simultané à une brusque accélération, comme la marque d'une satisfaction pour le véhicule et transmise aussitôt à son conducteur. Homme et moteur goûtaient avec le même enthousiasme de se voir affranchis des diverses perturbations inhérentes au frottement des soupapes, à l'expansion des pistons ou à l'obstruction des réseaux de distribution.

Pour Alexandre, en tout cas, c'était, depuis la transaction, le retour à un régime stationnaire, à une atmosphère plus tempérée, et surtout à l'apaisement, ainsi qu'en témoignait le silence qui traîna tout au long de la semaine, le retour au ronronnement familier du quotidien, ponctué par l'arrivée de Fanny pour les grandes vacances, deux mois d'été avec son bleu de travail azur : chaleur languissante, siestes en duo, baignades dans le lac et viandes qui crépitent sur le charbon de bois.

S'il avait perdu une somme considérable, il avait gagné en sérénité, mais aussi en certitudes. Acquis des convictions qu'il avait toujours hébergées, mais qui aujourd'hui s'étaient enracinées, nourries par le terreau de l'expérience : celles qui plus que jamais érigeaient en héros les Bartleby, les Hamlet, les Oblomov, tous ces génies de l'abstention, ces princes du renoncement, isolés dans leur château, leur bureau ou incrustés dans leur divan, engagés dans une même lutte contre les injonctions au faire, à l'agir, et auxquelles ils opposaient cette muette et sublime résistance. Le monde, celui dans lequel il vivait, lui apparaissait plus que jamais semblable à un jeu de Mikado, un enchevêtrement de tiges bariolées orientées dans tous les sens. Le déplacement de l'une était devenu illusoire, n'incitait qu'à ébranler l'ensemble d'un geste violent, un geste auquel il avait pris part dans un élan d'enthousiasme naïf, un vrai moment d'égarement. Moins que jamais, ce monde pourrait compter sur lui. Ce monde dans lequel ses concitoyens s'adonnaient à des génuflexions quotidiennes, enlisés dans la boue de la concrétude, ces actes dans lesquels ils se perdaient, se dessaisissaient d'eux-mêmes chaque jour un peu plus. De ce monde dans lequel ils surnageaient, qu'ils n'étaient plus capables de déchiffrer qu'au travers de notices, de modes d'emploi, de services après-vente, d'appels non surtaxés, d'inscriptions en ligne ou de plateformes de téléchargement, tout ce qui les domptait, les annihilait, câble par câble, réseau par réseau, aspirait leur moelle sensible, de tout cela il se retirait. Dans ce monde de lois sans foi qui pourrissait les consciences à la beauté subsidiaire, il ne commettrait plus un seul geste, un seul acte. Il retournait à sa matière première, à l'intangible, au seul usage des mots, leur distorsion, leur pétrification, un univers dépourvu de ressources humaines, d'objectifs stratégiques, de disruption, de main-d'œuvre délocalisée, loin de cette sinistre comédie aussi fastidieuse que dérisoire.

En arrivant à Saint-Aman, il ralentit. L'atmosphère était encore écrasée par la chaleur de l'après-midi, les habitants, les animaux, les plantes, tous contraints à l'immobilité tant la température se refusait à baisser même si le soleil était en grande partie dévoré par la butte de Thil. L'herbe des prés était d'un jaune de paille, la surface de l'étang du Creusant comme un miroir liquide sur lequel se projetait le reflet des résineux. En passant le long du pré où vivait le franches-montagnes, Alexandre respira une odeur de craie. Jean l'avait sans doute passé la veille à la chaux.

Il avait laissé Fanny seule dans la longère. Un courant d'air frais nécessaire qu'il s'était promis de renouveler régulièrement durant leurs vacances. S'éloigner quelques heures sous divers prétextes, la retrouver, un processus d'aération, de ventilation du lien afin d'en conserver la fraîcheur. À Crécy, il avait acheté des travers de porc marinés. Il les cuisinerait au charbon, dans la cour, tandis que s'illuminerait la voûte céleste à mesure que l'ombre glisserait vers l'ouest du Morvan. Le porc mariné, le ciel étoilé dans la nuit tiède, les ingrédients d'une soirée qu'il pourrait peut-être rétrospectivement qualifier de *réussie*, une brève séquence de vie qui ne délaissait aucun sens, la vue, l'odorat, le goût, celui des travers de porc et un plus tard peut-être, celui de la peau et du sexe de Fanny, une sorte d'alchimie miraculeuse qu'il ne voulait en aucun cas saturer par anticipation.

Alexandre trouva la maison vide. Il appela Fanny à l'étage sans succès et entreprit un tour du jardin. Dans la cour, à côté du transat, il repéra la couverture de *Nouvelles du Grand Nord* de Jack London. Il éprouva une inquiétude teintée d'une pointe d'irritation, le livre et le fauteuil vide se mêlant, pour lui suggérer une sorte d'abandon, le départ de Fanny quelque part dans la forêt en compagnie de Jack London, le viril et sensible baroudeur des lettres dont il eut une vision éprouvante, revêtu de son immuable blouson de cuir, étreignant Fanny sur la mousse, au pied d'un conifère.

À l'étage, il ne vit que des traces de pieds humides sur le parquet du couloir conduisant de la salle de bains à l'escalier. Des empreintes délicates dont les plus anciennes, les plus proches de la salle d'eau, commençaient à s'effacer et dont ne subsistait qu'une fine courbe oblongue prolongée par les gouttes opaques des orteils qui eux-mêmes semblaient fuir le dessin d'un demi-pied, coupé dans sa longueur. Fanny avait donc pris une douche peu de temps auparavant. Le dessin de la plante de ses pieds sur le bois donna à Alexandre une envie soudaine; celle de les recueillir dans ses mains, les embrasser, les lécher jusqu'à leur pointe, en suivant de la langue le lacis des veines remontant vers les chevilles, de se frotter au rocher de l'astragale, pointu comme du cristal.

En attendant son retour, il ne lui restait qu'à préparer les travers de porc dans le barbecue Weber, une perspective qui lui fit à nouveau songer à l'auteur de *Construire un feu*, dont Fanny appréciait l'écriture ciselée, à son évocation constante de l'arrogance humaine, à son combat contre une nature indifférente. Dans quelle lutte Jack London se serait-il engagé face aux éoliennes? Il semblait peu probable qu'il aurait délégué son combat à des étrangers, à des clandestins misérables de surcroît. Alexandre versa du charbon de bois dans l'hémisphère en acier inoxydable et embrasa le cube allume-feu. Trente minutes plus tard, tandis que rougeoyait la braise et que déclinait la clarté du jour, un doute le saisit. Devait-il commencer la cuisson des travers marinés dès maintenant pour les servir à son arrivée ou attendre le retour de Fanny? L'une des caractéristiques sournoises du travers était son passage rapide du grillé au carbonisé, un détail qui pouvait à lui seul altérer la perfection de la soirée, lui donner à elle aussi des aspects cramoisis. Attendre donc, mais qu'adviendrait-il des braises dont la combustion était tout aussi brève? Jack London n'aurait sans doute jamais été confronté à une telle hésitation.

Il était à tel point absorbé par cette problématique qu'il n'entendit aucun des appels téléphoniques qu'il reçut respectivement à 20 h 45, puis 20 h 54, n'en prenant connaissance qu'aux alentours de 21 h 05. Fanny avait essayé de le joindre à deux reprises. Il composa son numéro, mais tomba sur sa messagerie, envoya plusieurs SMS qui restèrent sans réponse. L'inquiétude d'Alexandre se renforça. Fanny n'était pas coutumière des promenades nocturnes. La nuit dans le Morvan l'effrayait un peu.

Aux environs de 21 h 10, son téléphone sonna à nouveau et il y répondit avec fébrilité. Le premier son qu'il perçut était un souffle, un souffle rauque, qui se répétait malgré les interjections d'usage d'Alexandre, « Allô… allô, Fanny, tu m'entends, allô, où es-tu?… » En arrière-plan, en arrière-son plutôt, une voix d'homme énonçait des phrases courtes dont le sens lui échappait, mais dont certains accents lui étaient familiers, avant que le souffle se mue en voix, « Nous être avec Madame Fanny… », retombe en un rauquement, et que la conversation éloignée reprenne, comme deux instruments en ostinato. Puis ce fut à nouveau la voix, la même phrase ou presque – « Madame Fanny être avec nous » –, faisant émerger dans l'esprit d'Alexandre l'hypothèse d'une traduction, celle d'une langue étrangère dont l'origine lui fit lâcher l'assiette qu'il tenait de l'autre main, laissant choir les travers marinés crus qui ressemblaient à deux langues entortillées.

– Vous êtes qui? hurla-t-il. Où êtes-vous? Passez-moi Fanny… qu'est-ce que vous voulez?

Une communication comme une torture pour celui qui, à chaque interrogation, devait se soumettre aux caprices des transmissions du propriétaire du souffle à celui de la voix éloignée et vice versa, avant la réception d'une réponse pauvre en syntaxe, à la limite du compréhensible :

– Vous êtes Mayerbek ?

– Nous pas Mayerbek. Argent, pas argent.

– Quoi pas argent ? L'argent a été donné à Mayerbek. Kevin a donné l'argent à Mayerbek. Argent donné à Mayerbek ! répéta Alexandre en quête de simplification, poussant l'épuration de sa formule jusqu'à l'adéquation : argent Mayerbek.

– Mayerbek parti, nous pas argent.

– Passez-moi Fanny !

– Argent pour Madame Fanny…

Le reste de la conversation fut en tout point conforme à cette confuse entrée en matière. Un crescendo dans l'incompréhension mutuelle avec, à son paroxysme, Alban Bourgadier, le courtier en prêts hypothécaires, mentionné comme témoin potentiel pour un contrat dont il avait respecté les termes, honoré les procédures jusqu'à ce rendez-vous avec Mayerbek dans les bois où il lui avait remis l'enveloppe… Mais pour Bourgadier comme pour le reste, ses interlocuteurs s'étaient montrés rétifs, se bornant à indiquer le lieu d'un échange pour le surlendemain à la sortie de Velars-sur-Ouche, une indication alourdie d'une menace énoncée d'un ton presque badin : « Problème pour Madame Fanny si police ou pas argent », comme le restaurateur d'un pays exotique aurait proposé son menu touristique.

La communication s'acheva sur cet avertissement,

laissant Alexandre seul dans la cuisine, les pieds au milieu des travers, avant qu'un hurlement ne jaillisse de sa gorge, comme s'il lui avait fallu lutter contre un phénomène opposé, son propre étouffement, une sorte d'autoasphyxie. Dans un désordre fébrile, dessinant sur le sol des formes géométriques indéfinissables dont la surface se réduisait jusqu'à se limiter à un piétinement, Alexandre fouilla avec frénésie les tiroirs de sa mémoire, extrayant l'inutile, l'encombrant, afin d'en isoler la pièce maîtresse, la courte séquence à l'orée de la forêt au Duc entre l'instant où Kevin avait quitté le véhicule et son retour, délesté de l'enveloppe, le récit de sa brève conversation avec Mayerbek sous la branche d'un douglas, cherchant au milieu du décor ou à sa périphérie un détail, un incident, une indication même microscopique dont il aurait conservé la trace, noyée dans les archives, de sa mémoire, perdue dans une séquence qu'il revisionnait en bouleversant ses repères, de la fin vers son début, du ciel vers le sol, le ciel oui il s'en souvenait, bleu azur, haché par les branches des sapins qui en fragmentaient la lumière. Mais rien ne vint. Il eut beau la tordre comme ces ramures de haies tressées qui séparaient les étroites parcelles agricoles du parc, elle ne lui restitua rien que ce qu'il possédait déjà. Il finit par échouer sur l'assise de paille d'une chaise et, durant quelques instants, ne vit rien d'autre qu'un mur blanc, une surface immaculée dont la monotonie lui fit percevoir le bruit de sa propre respiration, l'incitant à suivre les mouvements de l'air qui pénétrait à l'intérieur de ses narines, descendait très bas, jusqu'à l'abdomen, puis remontait par la poitrine avant l'expiration et ainsi de suite. Il resta là, immobile, tout entier livré à cette expérience du vide, parfaitement monochrome, qui en d'autres circonstances aurait pu constituer les bases d'un exercice de hatha yoga ou quelque chose dans le genre, une pratique qu'Alexandre méprisait pour son apologie de la vacuité, mais qui à cet instant s'imposait comme une nécessité, constituait une sorte de voile, une digue protectrice face à une menace qu'il ne pouvait laisser pénétrer plus profondément à l'intérieur de sa conscience.

Cela dura quelques minutes avant que l'image de Fanny quelque part enchaînée, bâillonnée, mutilée, à nouveau ne le gifle, le forçant à se lever et chercher avec une frénésie d'enragé le petit morceau de papier cartonné que le capitaine Destrade lui avait remis quelques semaines plus tôt « au cas où », un cas qui désormais le poussait à lui tendre les mains, les bras, et tout le reste, à se répandre tout entier, comme une flaque, sur la chemise bleue du gendarme, le bleu de la France.

Ce dimanche matin de permanence, Destrade était arrivé tôt à la gendarmerie. Il avait peu dormi après une soirée riche en tensions dont il éprouvait encore les stigmates, une contraction jusqu'au haut de la nuque, s'ajoutant à la douleur pulsatile à la tempe devenue fréquente au point qu'il avait dû se résoudre à consulter. Le médecin de l'antenne militaire d'Autun l'avait déclaré migraineux et lui avait prescrit de l'Almotriptan. Mais ces spasmes lancinants, il les attribuait davantage à sa relation avec Aurore et à ses pointes d'humeur électrique, source de fréquents courts-circuits qui lui inondaient les yeux pour un oui, pour un non. Destrade n'y comprenait pas grand-chose. Il avait fini par en imputer la cause au processus de *transition* dans lequel Aurore était engagée, un témoignage – ainsi que l'endocrinologue l'avait évoqué – de l'efficacité de l'hormonothérapie, l'imprégnation du cerveau d'Aurore par les œstroprogestatifs qu'elle ingurgitait quotidiennement. Destrade avait du phénomène une étrange vision : il imaginait une pluie de fines particules se déposant à la surface du cerveau d'Aurore avant d'en pénétrer la matière. Des molécules semblables à des gouttelettes translucides, à l'intérieur du tissu cérébral, déliaient l'axe rigide de ses axones, déverrouillaient les portes de ses neurones, libéraient des influx retenus dans d'étroites vésicules, entrouvraient des barrières, changeaient la grammaire des mots, accordaient les adjectifs, modifiaient les pronoms, rendaient la langue à la fois plus dense et plus confuse. Le cerveau se colorait. Une observation plus concrète était la forme de ses seins dont les pointes commençaient à saillir sous ses vêtements, lui imposant le port de vêtements amples, de larges pulls malgré la canicule. Destrade était perplexe. Il aimait la poitrine frêle d'Aurore et n'éprouvait aucun empressement à la voir s'élargir en deux masses charnues au rythme des injections hormonales. Jusqu'où iraient les choses? Il était effrayé par la perspective que son sexe fin et élancé ne finisse un jour par tomber sous le bistouri d'un urologue dans un vulgaire haricot. Il était inquiet à l'idée de perdre ce corps qui lui montrait tant.

Aurore se sentait observée chez Jardinât. Elle

avait parfois l'impression de voir flotter au-dessus des employés comme des bulles de bande dessinée, saturées de propos graveleux, surtout ceux de Boisrobert, le chef des commandes qui aimait l'affubler de certains prénoms, Erika, Sabrina, Vanessa, à croire que la première lettre de l'alphabet l'excitait, que la rondeur bouclée de la voyelle le faisait bander. Elle insistait auprès de Destrade pour qu'ils s'éloignent quelques jours. Des vacances, pourquoi pas sur une île grecque. Elle avait cité plusieurs noms se terminant tous en *os*, Skyros, Naxos, Gavdos, Milos, Mykonos… Destrade s'était renseigné. Certaines d'entre elles, autoqualifiées de *gay republic*, avaient récemment voté des lois visant à faciliter leur accès à des couples hétéro. Cette information l'avait terrifié. Si Destrade ne ressentait aucune animosité particulière à l'égard des homosexuels pour lesquels il n'éprouvait à vrai dire absolument rien, intérêt ou dégoût, il répugnait par contre à l'idée de se trouver associé d'une manière ou d'une autre – au nom du désir qu'il éprouvait pour Aurore –, à ceux qu'il voyait comme les personnages tous identiques d'un essaim multicolore et vibrionnant. Chez les Destrade on avait toujours cultivé la discrétion (et même quelques parcelles de méfiance) avec rigueur. Fils unique d'un couple préposé à la gérance d'un syndic d'immeubles à Saint-Pierre-des-Corps, il conservait de son enfance et de son adolescence des souvenirs plus ou moins animés, mais presque tous silencieux. On parlait peu et on ne recevait jamais. Ses parents, qui s'étaient rencontrés sur le tard, lui avaient parfois donné l'impression d'une colocation avec des personnes âgées. Entre lui et eux régnait un vide, un fossé qu'aucun ne parvenait à combler, en sorte que son départ en internat à seize ans les avait tous soulagés. Après, au lycée, à l'école de gendarmerie et au cours de ses différentes affectations, il avait conservé cette distance, cet espace mort entre lui et les autres qui ne s'effractait qu'au prix d'un véritable effort. L'idée d'une communauté susceptible de rassembler des gens comme lui, un capitaine de gendarmerie exilé dans le parc du Morvan, Aurore avec son cerveau en réfection, lui semblait absurde tout autant que celle de se retrouver sur les plages, dans les restaurants, les bars ou les night-clubs d'une île en *os*, aligné comme l'ampoule d'une guirlande lumineuse. Le mieux était de rester à Éloisse, de poursuivre leur *odyssée* à la nuit tombée dans son pavillon de fonction, à l'abri des regards, dans ce repli du parc, c'était bien assez loin. Aurore le trouvait étroit d'esprit, rigide, un vrai flic en somme.

Sur le bureau de Destrade figurait ce dimanche le relevé des appels de la veille. Le nom de Wisnievsky revenait trois fois. Trois appels dans la soirée, qualifiés d'urgents, à son intention exclusive dont

Jansier ne savait rien des motifs, avait précisé le gendarme de garde, impatient de rejoindre son club de ball-trap dans la matinée, un gendarme aux ambitions étriquées, parfaitement à sa place dans cette brigade territoriale, avait songé Destrade au passage.

À 8h30, ce premier dimanche de juillet, il composa le numéro de portable de Wisnievsky et détecta les prémices d'un sanglot étranglé dans la voix de son interlocuteur, sans doute un effet de ses facultés aiguisées à repérer dans le déraillement du ton, les fissurations de la voix, les pauses impromptues, l'annonce d'une débâcle lacrymale. Mais Wisnievsky résistait. Il ne souhaitait d'ailleurs pas parler, mais le rencontrer au plus vite. Le rendez-vous proposé dans la matinée du lendemain rendit la voix plus suppliante encore.

– Tout de suite, c'est possible ?

Au terme de leur entretien dans les locaux de la gendarmerie, une narration décousue où les faits étaient accolés dans un ordre aléatoire, truffée d'achronies, d'analepses, au point de rendre la compréhension globale malaisée, la crédibilité douteuse, Destrade pressentit que son dimanche de permanence s'éloignait du ronronnement attendu, entravé par à peine un ou deux appels avant qu'il ne rejoigne Aurore en fin d'après-midi au bord du lac de

Chaumechin. Face à lui, Alexandre, livide, les traits crispés, cramponné aux accoudoirs de sa chaise comme s'il craignait d'en être délogé, n'affichait aucun des signes succédant souvent les aveux – du moins ceux qu'il avait recueillis jusqu'à présent chez les auteurs d'un vol de deux-roues ou de dégât de clôture –, cette attitude de relâchement, d'allègement, parfois jusqu'à l'abandon.

– Ils vont la décapiter. Comme le cheval.

Le cheval… Destrade l'avait presque oublié, celui-là. Il observait avec perplexité cet homme au visage fiévreux, à la physionomie qui évoquait le tronc creusé de nervures de certains saules pleureurs, qui était à l'épicentre, selon lui, de ce lacis où se rejoignaient tant de branches tordues, ensanglantées, provenant de plusieurs scènes de crime, le mât de mesure, le pré, et maintenant ce lieu où se trouvait retenue sa compagne enlevée par des inconnus, la mafia tchétchène… Pouvait-il accorder crédit à cet individu enclin à manier la fiction comme d'autres la truelle ? Certains éléments toutefois fournissaient aux déclarations de Wisnievsky un certain degré de vraisemblance. Un nom plutôt. Celui de Kevin Frappier. Les empreintes de roues de son véhicule étaient compatibles avec celles identifiées sur le lieu du saccage du mât de mesure. Il était, selon Wisnievsky, le seul à savoir quelque chose au sujet de l'argent, au sujet de sa compagne, du moins si cet enlèvement avait eu lieu, si cette femme existait, s'il disait vrai pour les Tchétchènes, si toute cette histoire était réelle.

Il avait à cet instant une idée précise de ce qu'il devait faire : recueillir la déposition, rédiger l'ensemble des procès-verbaux, prévenir l'unité d'intervention de la gendarmerie de Dijon, la préfecture et, pour finir, enfermer Wisnievsky dans la pièce de dégrisement et surtout attendre, assis sur sa chaise en Formica dans ce bureau mal ventilé. Attendre d'être sollicité pour un détail technique ou topographique, la transmission d'un document administratif, attendre en se tenant informé du déroulement des opérations. Attendre jusqu'à une heure avancée de la nuit, tout en vidant le contenu de la cafetière en avalant un sandwich Daunat thon-mayonnaise dont le frigo de l'antenne était certainement pourvu. Destrade n'aurait pas procédé autrement si une armée d'extraterrestres avait débarqué d'un engin spatial sur le parking de la gendarmerie. C'était la procédure, le sens même de sa fonction, ce que n'importe quel gendarme de permanence affecté à une antenne de gendarmerie comme celle d'Éloisse aurait fait. Pourtant, et pour des motifs qui aujourd'hui sont encore mystérieux ou trop entremêlés les uns les autres pour définir la part de chacun, comme s'il était gouverné par une force inédite, Destrade se leva, donna quelques instructions à l'élève gendarme qui somnolait à l'accueil et invita Alexandre Wisnievsky à le suivre.

Moins de trente minutes plus tard, la Seat Leon Cupra s'engageait sur le chemin caillouteux de la Crotte dont les blocs de granit mis à nus par le vent sec martyrisaient les suspensions, couvrant par endroits le bleu métal luisant du véhicule d'une fine couche de poussière. La voiture s'immobilisa juste derrière le pick-up Ford.

– Attendez-moi là.

Alexandre demeura seul dans le véhicule de gendarmerie. Il flottait dans l'habitacle une odeur de cuir neuf et un parfum d'iris distincts l'un de l'autre, comme si les deux se refusaient au mélange. Cette note de poudre boisée, la plus prégnante, Alexandre l'avait remarquée dès sa première rencontre avec Destrade, un parfum qui atténuait les angles obtus du gendarme, ses épaules et sa mâchoire en particulier.

Ce dernier progressait avec prudence dans la cour, s'immobilisa face à la porte d'entrée principale du corps de ferme, martela du poing le verre feuilleté de sa partie supérieure sans obtenir de réponse. Il appela d'une voix claire le nom de l'ancien maître-chien, mais ne lui répondirent que quelques aboiements. Alexandre observait Destrade qui se dirigeait vers le chenil, tenant son arme de service à deux mains les bras tendus devant lui, une progression de trois quarts profil en tout point conforme à une scène mille fois vue à la télévision ou au cinéma, au point qu'Alexandre se demanda si le gendarme d'Éloisse n'y empruntait pas un peu de sa chorégraphie. Alexandre sortit du véhicule et s'immobilisa à cinq mètres de Destrade.

– Vous croyez que Fanny est là ?

– Je ne crois rien. Je vous ai demandé de ne pas bouger.

L'injonction du gendarme, moins ferme que la précédente, résonnait non comme un ordre, mais comme un conseil, comme s'il trouvait un intérêt indicible à la présence d'Alexandre à ses côtés. Au fur et à mesure qu'ils s'approchaient de l'enclos, l'un et l'autre furent saisis au nez et à la gorge par des relents de plus en plus puissants, acides d'abord, âcres ensuite comme un beurre rance, qui montaient et descendaient par vagues selon les courants d'air pourtant imperceptibles. Une odeur putride qui rappelait vaguement à Destrade celle des têtes de mouton exposées trois jours au soleil par son oncle pour la pêche aux écrevisses, mais en pire, irrespirable dans cet air brûlant au point qu'il fallait tourner la tête dans l'autre sens pour supporter une inspiration.

– Foutez le camp ! hurla Destrade.

Alexandre avait anticipé l'ordre en s'éloignant d'un mètre quand se superposa à la puanteur une image insoutenable. Cette pestilence, cette odeur de rat crevé, c'était du corps de Fanny qu'elle provenait. Du corps de la femme qu'il aimait, un corps qui jamais n'avait exhalé d'odeurs inconvenantes, ni de son souffle, ni de sa peau, ni de son sexe. Un corps qui n'exhalait que des parfums merveilleux, suaves et puérils, fleuris ou sucrés selon les circonstances. Alexandre se tenait immobile, figé dans l'effroi, pris dans la colle épaisse de sa vision.

Mais ce que le capitaine Destrade aperçut de l'autre côté de la porte grillagée, ce corps appuyé contre la tôle ondulée qui servait d'abri aux chiens ne pouvait en aucune façon être confondu avec celui de la jeune femme. La première chose qu'il remarqua fut au niveau de l'abdomen découvert, une immense tache d'un vert sombre qui s'étalait d'un flanc à l'autre jusqu'à la couture d'un pantalon de treillis. Au-dessus du buste affaissé, la tête semblait hors de proportion, énorme et boursouflée, la peau couverte de phlyctènes autour desquelles un essaim noir s'agitait dans un vrombissement incessant. Plus bas, le bras droit s'interrompait au niveau du poignet en un moignon à la terminaison irrégulière, évoquant davantage un arrachement bestial qu'une section chirurgicale. À l'autre bout du chenil, les chiens s'étaient regroupés en meute et adoptaient un comportement menaçant, le corps raide, le poil hérissé. Il rengaina son arme dont la crosse était moite et se dirigea à pas lents vers la Seat sans adresser un mot ni un regard à Alexandre. Sa main tremblait. Il sentait sa tempe pulser, comme habitée par un myocarde ectopique. Regardant autour de lui, il eut soudain la révélation d'une composition démente, un assemblage absurde dont chacune des pièces occupait une place incohérente, où se trouvaient rassemblés le principal suspect, visiblement assassiné, Wisnievsky, principal témoin, et enfin lui-même à l'origine d'une initiative prise en dehors de toutes les règles de procédure. La procédure… Il la voyait comme un enclos bienveillant à l'intérieur duquel il aurait aimé se dissoudre, une simple courroie de transmission lisse et élastique, une touche de son clavier, l'imprimé d'une déposition, le ronflement d'une photocopieuse. À la place, il se tenait à quelques mètres d'un cadavre en putréfaction depuis plusieurs jours, une semaine au moins d'après ses souvenirs de criminologie, à moitié dévoré par des chiens. Assis face au volant, il retrouva à l'intérieur du véhicule une partie de son calme. Il s'empara du micro relié au moniteur radio juste au moment où son portable personnel se mit à vibrer.

À l'écran, le nez tuméfié d'Aurore dévorait une grande partie de l'image. Du reste de son visage, on devinait sous les paupières, côté droit, l'angle ouvert d'une ecchymose. Ses propos étaient entrecoupés par des reniflements humides au point que Destrade s'attendait à voir le contenu suinter à la surface du verre.

– Essaye de te calmer.

– Je crois que j'ai le nez cassé.

Tirant profit de la loi du 6 août 2015 *pour la croissance, l'activité et l'égalité des chances économiques*, autorisant les enseignes des zones d'activités commerciales à ouvrir leurs portes le dimanche, Jardinât offrait à ses clients le loisir d'effectuer leurs achats, portails et autres produits d'aménagement des espaces extérieurs, sept jours sur sept et donc, le dimanche, de 9 à 13 heures. À la manière de certains poissons formant des zones compactes pour se prémunir de leurs prédateurs, Aurore et Destrade regroupaient leurs astreintes respectives.

Par le pire des hasards, Aurore s'était retrouvée à partager le recueil des inventaires avec Boisrobert, son n+1, directeur des commandes. Entre ces deux-là passaient des courants hostiles; lorsque Boisrobert se trouvait dans les parages, Aurore repérait sa sueur aigre, une sorte d'alerte olfactive provenant des émanations de son corps lourd qui l'incitait aussitôt à s'éloigner. Ce matin-là, il avait débarqué dans le bureau où Aurore peinait sur un graphique croisé dynamique engendré par le tableur Excel et lui avait réclamé un café d'un ton ostensiblement comminatoire.

– Je ne suis pas ta bonne, lui avait-elle répondu sans relever la tête de l'écran avec une morgue qui avait hérissé Boisrobert.

– Dommage, tu ferais une bonne petite ménagère, lui avait-il rétorqué, un large sourire aux lèvres, visiblement satisfait par la malignité pointue, la vulgarité assumée de sa repartie.

Aurore avait quitté des yeux la colonne des bons de commande de mars et les avait plantés à hauteur de son abdomen, dévisageant son entrecuisse d'un air contristé n'accordant rien au reste, au visage en particulier, comme pour en souligner la néantise.

– Je suis sûre que t'as déjà une gentille petite femme pour ça !

La remarque avait engendré chez Boisrobert une pointe d'aigreur, qui fit évoluer son sourire en un rictus hargneux. Pris de court, il avait aussitôt cherché de quoi se soulager, un mot pour se vider.

– Peut-être que tu suces mieux qu'elle ?

Les échanges s'étaient alourdis en même temps que leur malignité se resserrait, des flèches d'amplitude de plus en plus limitée, aux pointes de plus en plus vénéneuses :

– C'est sûr, mais je ne suce pas les porcs, question d'hygiène…

– T'es quand même une belle salope…

Jusqu'au point où, ayant épuisé leur fonction de substitut, le directeur des commandes de chez Jardinât laissa éclater sa rage, à quelques centimètres du visage d'Aurore. Il l'avait attrapée par les épaules et plaquée contre le métal de l'étagère qui supportait les cahiers de comptes 2017-2019 avant qu'Aurore ne parvienne à lever son bras droit pour lui asséner une gifle, un soufflet mou tant la cinétique de son geste se trouvait freinée dans son amplitude par la proximité de la joue de Boisrobert. Un geste flasque dans l'impact, mais intolérable dans l'intention aux yeux du n+1 qui, rouge cramoisi, les yeux exorbités, l'avait durant une longue minute rouée de coups, coups de poing, de genoux, baffes dans la gueule, ne retrouvant un peu d'apaisement qu'à la vue du sang qui s'écoulait de la lèvre et du nez d'Aurore en deux filets superposés. Aurore n'avait ni crié ni appelé à l'aide. Ce n'était qu'après le départ de Boisrobert, à terre sur le lino de la pièce exiguë, un goût de fer et d'eau salée dans la bouche, que la douleur l'avait brusquement saisie, comme au réveil d'une anesthésie dentaire.

– Tu bouges pas. J'arrive !

Destrade avait démarré en trombe. Très perturbé, il s'était limité au strict minimum en réclamant par radio une intervention immédiate de l'antenne du GIGN de Dijon aux Grésilles, ainsi que l'envoi d'une unité d'investigation et d'identification à Crotte pour *situation dégradée*. En pénétrant sur le parking de la ZAC, il fut presque étonné de découvrir dans le reflet du rétroviseur intérieur le visage d'Alexandre, immobile sur la banquette arrière, témoin muet de son échange téléphonique avec Aurore.

– Vous allez demander des renforts ?

La question évoqua curieusement à Destrade l'utopie d'une augmentation, d'une extension, une sorte de mitose de lui-même, contraint par les circonstances à lutter contre cette concentration d'adversité dans l'espace réduit d'une matinée dominicale de permanence, après des années d'astreintes léthargiques, de dimanches pleins de vides, d'insignifiance, d'ordres subalternes et de consignes monotones. Deux Destrade donc, au moins, chacun engagé dans sa tâche singulière sans interférence. Mais ce ne fut qu'un seul et unique capitaine de gendarmerie qui gara en épi la Seat Cupra face à la devanture vitrée de Jardinât qui, ce matin-là, vantait ses remises exceptionnelles de l'été sur les abris de jardin en PVC, ouvrit la portière et s'extirpa du véhicule sans même prendre le temps de répondre à la question de Wisnievsky.

– Qu'est-ce que vous allez faire ?

Ce qu'il allait faire, il l'ignorait lui-même. Il était depuis l'appel d'Aurore pris dans une suite de gestes ne relevant d'aucune anticipation, attiré par sa détresse comme par une nécessité impérieuse, un commandement magnétique. Ce ne fut qu'une fois engagé dans l'allée principale, bordée par les bacs occultants et les carrés potagers de démonstration, tandis que s'avançait à sa rencontre un individu, la quarantaine, coupe en brosse, un corps gras comme on en voyait des centaines par ici, qu'il eut l'intuition de ce qu'il allait faire et, dans un premier lieu, ce qu'il allait répondre à la sollicitation de Boisrobert.

– Je peux faire quelque chose pour vous ?

– Tu peux me faire une pipe, connard. Il paraît que t'aimes ça !

Moins d'une minute après, la joue gauche écrasée contre le revêtement du sol tandis que Destrade lui tordait le bras derrière le dos, il ne sortait plus de la bouche de Boisrobert que des hurlements rauques, une sorte de mugissement éraillé qui loin d'apaiser le gendarme, l'incitait au contraire à renforcer sa traction et, de sa main gauche, à enserrer le cou de Boisrobert, une prise qu'il maîtrisait à la perfection au point que le responsable des ventes fut vite dans l'incapacité de produire le moindre son. Destrade continuait pourtant à le questionner, « tu veux une pipe, tu veux une pipe ? » – une interrogation purement rhétorique vu les circonstances –, sourd aux cris de la caissière et aux supplications d'Aurore qui avait accouru, alertée par les cris.

Enserrée par le bras du gendarme, la base du cou de Boisrobert commençait à se couvrir d'une teinte cyanosée qui contrastait avec l'écarlate du reste de son visage, un signe inquiétant qui poussa la caissière sur le dos de Destrade, tentant sans succès de lui faire desserrer son étreinte, quand soudain une troisième main plus vigoureuse s'empara du poignet et l'incita à lâcher prise.

L'allée centrale de chez Jardinât se trouva ainsi obstruée par cinq corps enchevêtrés, évoquant selon les références une scène de danse contemporaine, sorte d'allégorie de l'alliance, ou une mêlée de rugby. Un spectacle quoi qu'il en soit dissuasif pour ce couple de septuagénaires, qui, après plusieurs mois de réflexion, s'était décidé ce dimanche à s'offrir le Mano Mano écoresponsable, un modèle de portail plein coulissant alimenté d'un kit de motorisation solaire. Ils s'immobilisèrent sitôt les portes coulissantes du magasin franchies avant de rebrousser chemin sans avoir échangé un mot et se diriger d'un pas rapide vers leur Renault Talisman à laquelle l'homme fit effectuer un clignement rassurant du phare gauche au moyen de son plip.

La grappe humaine étrangement figée resta, elle, dans cette configuration une longue minute avant que, l'un après l'autre, les corps se détachent, puis se redressent, comme une troupe de comédiens face au public avant le salut, laissant émerger dans l'ordre : un gendarme en uniforme bleu pâle, deux membres du personnel reconnaissables au logo Jardinât brodé sur leur polo vert bouteille, Alexandre Wisnievsky en jean et polo IKKS, et enfin Boisrobert, familier du couple de septuagénaires qu'il avait rencontré lors de leur première visite, un homme qui en savait long sur les portails à énergie solaire, mais qui à l'instant présent peinait à retrouver une respiration harmonieuse.

Un peu plus tard dans la matinée, adossés au capot de la Seat Leon Cupra, Alexandre, Aurore et le capitaine Destrade tentaient de recouvrer leurs esprits, chacun à sa manière. Aurore se laissait peu à peu envelopper par une sensation inédite semblable à la caresse d'un plaid en cachemire après une nuit de grande froidure, recouvrant ses épaules, la douleur et la peur, renvoyant à l'insignifiance cette matinée de torture. Son dénouement s'inscrivait d'une encre indélébile sur la petite ardoise de sa vie, propre à effacer d'un trait le souvenir d'une adolescence dans la zone pavillonnaire de la périphérie d'Autun, le visage accablé de son père, la longue traînée d'humiliations au lycée technique Alfred-Jarry. Une issue dont, quoi qu'il arrive, Aurore ne pourrait jamais douter de la réalité, contrairement au reste, tout le flou de son existence passée, ramenée à la netteté par l'image de cet homme devenu fou au point qu'il aurait pu tuer pour elle. Le visage d'Aurore était illuminé malgré ses traits de boxeur et les larmes sèches qui lui creusaient des ravins sous les yeux. Un personnage de série, le corps adossé contre la portière avant gauche, voilà ce qui irradiait sur le parking de la ZAC.

Destrade, lui aussi, était confronté à l'inédit, mais d'un ordre différent. Quelque chose s'était produit dans l'intervalle de ces quelques heures qui avait annulé des années d'évidence, des lustres de certitude, une chose qu'il n'avait jamais anticipée jusqu'alors : sans qu'il sache ni pourquoi ni comment, entre 8 h 30 et midi, il avait cessé d'être un gendarme. Ce qu'il avait toujours été, ce bloc de maîtrise, de retenue, étanche et compact, fuyait de toutes parts. Destrade se tenait là, débordé, écrasé sous le soleil de juillet, contemplant Aurore sans rien dissimuler de l'intensité de son regard comme un brasier dont il sentait la chaleur inonder la peau de cet animal gracile au visage tuméfié.

Alexandre, le bras encore endolori, songeait, lui, qu'il venait peut-être de s'épargner la vue d'un nouveau cadavre. Un spectacle désormais récurrent, inaugurant une ère nouvelle de son existence où les corps d'adolescents mutilés, les chevaux décapités, les psychopathes assassinés, les magasiniers étranglés étaient son lot quotidien et, qui sait, bientôt, aujourd'hui ou demain peut-être, le corps de Fanny démembré ou le sien lardé au couteau durant son sommeil. Les perspectives semblaient infinies. En attendant, il se tenait appuyé contre le capot d'un véhicule de gendarmerie cuisant sur une aire de stationnement quasi déserte, coincée entre Gamm vert et Bricorama en compagnie de ces deux êtres déchirés, ce couple invraisemblable même dans une œuvre de fiction ou alors de qualité douteuse. Comme quoi la vie, si elle imitait l'art, empruntait davantage aux truismes du moment qu'aux chefs-d'œuvre intemporels. Destrade interrompit cette brève période d'introspection silencieuse :

– Je vais vous reconduire à votre domicile. Des membres de la BRI doivent vous y attendre.

Et ils prirent place à bord de la Seat Leon Cupra

qui effectua un long cercle sur le parking avant de s'engager sur la départementale 156, Aurore devant, Alexandre derrière, protégés par la carrosserie aux bandes rouges et jaunes, propulsés par les trois cents chevaux à transmission intégrale.

L'homme qui, à toute heure de la journée et à intervalles réguliers, entre dans la pièce, l'avertit de son arrivée d'un toquement discret, à peine un effleurement sur la porte, comme une excuse. Bien que le visage soit en partie dissimulé par une sorte de keffieh blanc aux bords effrangés, les yeux d'un bleu vif et le front lisse suggèrent son jeune âge, vingt-cinq ans tout au plus. Il parle peu : « faim, soif? » constituent l'essentiel de sa conversation. Il lui apporte aux heures des repas un verre d'eau et une assiette de crudités, carottes, chou râpé, tomates crues. Fanny a tenté à plusieurs reprises d'engager la conversation, mais il s'est limité à lever les deux bras en signe d'incompréhension d'un air désolé, comme un autochtone face à une touriste égarée. La pièce sans fenêtre comporte un matelas posé à même le sol et une petite table en Formica sans chaise sur laquelle le jeune homme dépose la nourriture. Le papier peint qui recouvre les murs exhibe un motif de palmettes grèges sur un fond kaki découvrant sur ses portions décollées un mur blanc grignoté aux angles. Hormis des voix d'hommes qui semblent provenir d'un couloir ou d'une pièce adjacente, Fanny ne perçoit aucun son, ni rumeur de voisinage, ni bruit de rue lui permettant d'imaginer son environnement. Elle pourrait tout aussi bien se trouver au rez-de-chaussée d'une tour d'immeuble qu'à l'intérieur d'un pavillon isolé.

La dernière chose qu'elle a entrevue avant ce décor est le visage des hommes l'ayant, dans un français hésitant, enjointe à les suivre, le premier, court et trapu, le visage dévoré par les poils comme une friche, le second, silencieux et plus sec. Ce dernier, sitôt sorti de la longère, lui a mis sur la tête une cagoule en tissu noir qui outre l'obscurité totale l'a aussi exposée à une puissante odeur de résine. Elle s'est laissé guider jusqu'à un véhicule qui a aussitôt démarré et Fanny, durant le trajet, n'a rien perçu d'autre que les vibrations sonores du moteur diesel. La terreur l'écrasait bien davantage encore que dans l'étroite cabine de douche, la privant de toute forme d'initiative, bouger ses membres, parler, crier, par manque de volume plus encore que de force ou de salive. Elle éprouvait la sensation d'une compression, d'être prise dans un composant minéral. Seules les brûlures de la soif induite par une chaleur étouffante et les secousses engendrées par les torsions du véhicule venaient lui rappeler la réalité de son environnement. Au bout d'une période imprécise, le corps s'est mis à discerner l'accélération des lignes droites, l'inclinaison des courbes, la rotation des ronds-points, la retenue des ralentissements avant que la voiture ne s'immobilise de façon prolongée et que soudain le moteur se taise, ramenant son sarcophage au silence. Une portière a claqué et un bras l'a saisie. Elle a marché sur un sol goudronné, guidée d'une pression sur l'épaule lui indiquant la nature de ses mouvements : l'arrêt par une opposition du plat de la main, la reprise de la marche par un glissement derrière l'omoplate, le changement de direction en ceinturant son bras de façon délicate, une simple suggestion des doigts de son ravisseur auquel son membre, son buste, et enfin son corps tout entier obéissait, abandonné à ce balisage obscur, conduite par cette extrémité de l'homme qui aurait pu sans la moindre réticence de sa part la précipiter dans le vide. Elle a encore entendu le bruit d'un moteur qui s'éloignait, puis celui métallique d'un trousseau de clefs avant qu'ils s'immobilisent et qu'elle soit à nouveau incitée à avancer, pénétrant dans une atmosphère plus fraîche où les hommes se mirent à parler entre eux dans une langue étrangère, une langue qui ne lui évoquait aucune assignation géographique familière. C'est en écho à la voix des hommes qu'elle s'est entendue utiliser la sienne, prendre la parole, sans en évaluer l'à-propos, songer au choix des mots, d'une voix rectiligne, sans inflexion :

– Vous devez vous tromper, je suis Fanny Ringer, il doit s'agir d'une erreur, une erreur, Fanny Ringer.

Les hommes ont accueilli l'information sans réagir. L'un d'eux lui a ôté sa cagoule, tendu son propre portable et demandé d'un ton ferme d'appeler *Monsieur Alexandre*. Par cette suggestion autant que par l'échange abscons qui a suivi entre son compagnon et ses ravisseurs, Fanny a déduit que l'hypothèse d'une méprise s'estompait. Cet enlèvement devait être en lien avec *Monsieur Alexandre*, sans en dissiper toute l'absurdité : elle, enseignante dans un établissement répertorié au sein d'un réseau d'éducation prioritaire de Seine-Saint-Denis, compagne d'un écrivain stérile tirant ses principaux revenus d'une rente modeste. À moins qu'il ne s'agisse d'un geste politique, balayant de façon exhaustive les œuvres complètes d'Alexandre en quête d'un indice, d'une offense, n'y décelant comme victime, comme martyr, que lui-même, en tous les cas rien n'appelant à la vengeance et encore moins à un rapt. De ces hommes elle n'apprit rien des motifs de ce choix énigmatique, ni en cette occasion ni au cours de la journée qui suivit.

Ce matin du deuxième jour, son gardien lui apporte une bassine d'eau, un savon et une serviette. Elle est surprise de la satisfaction que procure le contact de l'eau fraîche sur sa peau, son ventre, ses bras, ses cuisses. Un plaisir intense, comme si chacune des parties, étrangère aux autres, indifférente au contexte, n'était concentrée que sur cette expérience. Elle éprouve aussi la sensation d'un changement. Depuis son réveil, la chape d'inquiétude qui l'écrasait semble plus légère ou plutôt elle ressent entre elle et son environnement hostile une sorte d'écran, de barricade mystérieuse qui en atténue les affres, comme si les menaces, les dangers qui pesaient sur son intégrité parvenaient moins à s'accrocher ou comme si elle était étrangement parvenue à douter de leur réalité. Au milieu de cette pièce aveugle, sur ce matelas douteux, elle est à nouveau en proie à ce flux, cette radiation interne qu'elle éprouve depuis plusieurs semaines, comme un vêtement seyant, longtemps égaré retrouvé au fin fond de sa garde-robe. Une impression d'amplification, d'intensification d'elle-même ainsi que de l'ensemble de ses perceptions, voilà ce qu'elle ressent, ici, à cet instant. En conséquence, elle n'a pas hésité ce matin à parler au jeune homme lors de sa visite. S'il ne lui a pas davantage répondu, elle a constaté à la forme de ses yeux, aux fines rides qui s'imprimaient sur son front que, par instants, il lui a souri. Ses manières sont gauches, embarrassées. La possibilité qu'un geste violent jaillisse de ce corps gracile lui semble improbable. À vrai dire, il lui rappelle certains de ses élèves en ZEP. Quand elle est seule avec l'un d'entre eux, loin du regard des autres, isolé de la meute, il lui semble alors parvenir presque à contourner le bloc de défiance, assez pour obtenir un bref moment de relâchement, parfois à observer le passage furtif d'un regret dans son regard.

En fin de matinée, l'un des deux hommes apparaît dans la pièce. Son visage est découvert. Il porte le même jean, le même T-shirt, le même épiderme envahi par les poils, ne laissant aucune zone glabre visible, jusqu'au dos des mains, de la nuque, qui laisse deviner un dos largement velu, un homme fourré, un buisson qui pourrait s'embraser au contact d'une allumette, c'est l'image qu'entrevoit Fanny. Elle se lève à son approche et, dans cette position, le dépasse en taille de dix bons centimètres. Elle reconnaît dans sa main son smartphone que l'homme lui tend d'un geste mal assuré.

– Mari parler vous.

La voix d'Alexandre est fébrile, affolée et surtout plaintive. Ses questions se bousculent, se chevauchent, recouvrent ses réponses, altèrent la clarté de l'une et de l'autre. Elle tente surtout de le calmer, de le rassurer, oui elle est bien traitée, non on ne lui a fait aucun mal, tente de glisser une question – pourquoi est-elle là ? Cette interrogation lui vaut en retour des explications confuses, une erreur, un malentendu, Kevin Frappier, des références étranges, un prêt hypothécaire, Bourgadier, Jean-Paul Sartre, La pureté est *une idée de fakir...* dit Alexandre avant que l'appareil ne lui soit retiré des mains par celles duveteuses de son ravisseur.

Fanny reste un long moment assise sur le lit à méditer sur les maigres renseignements qu'elle a tirés de cette conversation avortée. Cette référence à la pureté, celle, plus brumeuse encore, au philosophe borgne attestent une évidence : l'homme avec lequel elle partage son existence, cet homme à l'ordinaire si peu actif, est d'une manière ou d'une autre responsable de sa situation, celle qui lui vaut sa présence dans cette pièce. Il a mentionné une erreur. Elle ne lui connaît aucun vice apparent, les femmes, la drogue, le jeu, ni même l'argent. Alexandre n'est démesuré que dans la désolation. Chez lui, l'excès est avant tout un concept. Il se rêve en épave, mais vit en moine, vénère Bukowski, mais se couche rarement après 22 h 30 et vomit après un simple joint. Quelles que soient les trajectoires inédites qu'aurait pu emprunter l'existence confinée d'Alexandre, elle ne parvient pas à repérer à quel endroit elle a pu croiser celle de ces individus.

Après cet intermède, son jeune gardien lui apporte son déjeuner : des raviolis fourrés d'une pâte jaune au goût sucré. Les raisons de cette entorse aux traditionnelles crudités – fruit du hasard ou ultime repas – ne l'empêchent pas de satisfaire la fringale qui la torture quand les incertitudes de la situation auraient sans doute chez d'autres ôté tout appétit. Après son repas, Fanny s'allonge et s'endort aussitôt. Comme au cours de ces dernières semaines, son sommeil l'attire par des appels auxquels elle ne tente même pas de résister. Elle se couche et se laisse conduire lentement à son bord, profond comme un gouffre, avant de glisser avec une mollesse délicieuse le long de ses parois de coton. Après ce plongeon sans retenue, elle est ramenée en surface avec la même langueur, sans autre souvenir que sa chute.

Mais à 15 h 30 précises, cet après-midi-là, c'est un intense fracas sonore qui l'extirpe brutalement de son alvéole. Des bruits d'explosion, de pétard, de déflagration, elle ne sait pas au juste, puis des cris, des cris recouverts par des voix amplifiées, mais incompréhensibles et qui font aussitôt resurgir la peur, l'effroi, l'incitant à se précipiter sous la table en se bouchant les oreilles des deux mains.

Soudain tout s'arrête. Un silence mêlé d'échos mats avant d'être balayé, soufflé, comme la porte, projetée à deux mètres de ses gonds, fendue en deux parties. De la place qu'elle occupe, Fanny voit entrer dans la pièce une paire de chaussures noires, à semelles épaisses, montant jusqu'au-dessus des chevilles, suivie d'une autre paire en tout point identique, donnant la vision de leur dédoublement puisque au-dessus elle ne perçoit rien qu'une épaisse fumée bleue qui retombe vers le sol en vague molle et hésitante. Enfin elle entend une voix, atténuée par le choc acoustique qu'elle a subi, une voix d'homme assurée, déterminée, de cela au moins elle est certaine.

– Madame Ringer, je suis le commandant Certois de la brigade de recherche et d'intervention, vous n'avez plus rien à craindre.

Seyðisfjörður, Islande, 18 septembre

De la fenêtre de sa chambre, Mayerbek possède une vue panoramique sur les dalles aux couleurs arc-en-ciel qui conduisent au pied de la façade bleu pastel de l'église Bláa Kirkjan comme si elles indiquaient la direction. Un témoignage coloré du soutien des habitants à la communauté LGBT plus qu'une incitation céleste à se rendre dans le lieu de culte comme le lui a appris Árbjört, la blonde réceptionniste de l'Hafaldan HI Hostel. En quelques semaines s'est établie entre eux une relation cordiale malgré l'anglais rudimentaire de Mayerbek. Celui d'Árbjört par contre est impeccable. Elle l'accueille chaque matin – excepté le dimanche où elle est remplacée par un veilleur de nuit plus taciturne – d'un « *Góðan daginn* » enjoué et, prenant ses attributions touristiques avec sérieux, lui consacre toujours quelques minutes pendant qu'il consomme au bar une tasse de thé noir. Elle lui a déjà raconté toute l'histoire du village de pêcheurs qui fut durant la Seconde Guerre mondiale une base armée pour les forces américaines. Rien ne subsiste de cet intermède militaire et Seyðisfjörður est désormais un lieu paisible, entouré de colonnes de basalte, « *a friendly place* », aime à dire Árbjört en dénudant des incisives d'un blanc irréel, « *gay friendly, artist friendly and foreigner friendly* », sans que Mayerbek sache si cette dernière disposition s'adresse à lui ou aux dizaines de touristes que le *Norröna* débarque chaque mercredi dans le fjord en provenance du port danois de Tórshavn. Árbjört lui a également expliqué non sans fierté que Seyðisfjörður a servi de cadre à la série policière islandaise *Trapped* dans laquelle un cadavre mutilé est retrouvé dans le port après l'arrivée du ferry, un crime sur lequel enquête l'inspecteur Andri, le chef de la police locale interprété par un célèbre comédien islandais de qui elle a pu obtenir un autographe durant les quelques semaines de tournage.

Le reste du temps, Mayerbek peine à s'occuper. Les premiers jours, il a beaucoup dormi dans la couchette inférieure des lits superposés, en bois de sapin clair, une essence qui recouvre aussi les murs sous forme de lambris. L'après-midi, il parcourt à pied les trois kilomètres qui séparent Seyðisfjörður de l'antenne de police d'Egilsstaðir où il est convoqué chaque jour. Son cas est instruit par l'inspectrice Irika Gudjohnsen qui l'informe de l'évolution de son dossier de demandeur d'asile, une évolution qui dépend des décisions de l'Office central de l'immigration islandais situé à Kópavogur, une ville à six cents kilomètres à l'ouest, et un dossier pour lequel l'inspectrice Gudjohnsen se montre raisonnablement optimiste.

La présence de Mayerbek à Seyðisfjörður ne doit pourtant pas grand-chose à l'indulgence de la législation islandaise en matière de droit d'accueil des réfugiés. Le périple qui, en une petite semaine, l'a conduit de la forêt au Duc à ce village islandais, le terminus du ferry, évoque davantage la course effrénée d'un enragé que l'itinéraire rationnel d'un migrant en quête d'un eldorado européen. Une trajectoire rectiligne, destinée à s'éloigner le plus loin possible de son point d'origine dans un minimum de temps. En dehors de ce détail topologique, il n'a rien planifié, rien anticipé. C'est une sorte d'échappée sans autre point d'arrêt que celui d'un obstacle infranchissable et qui, s'il n'en avait rencontré aucun, l'aurait peut-être ramené à son point d'origine.

Son départ a été soudain, sitôt remonté dans le Mitsubishi. Il était seul : Alik qui devait l'accompagner avait de la fièvre et était resté aux Grésilles. Ils l'attendaient tous aux Grésilles et jusqu'à Grozny, avec l'argent. L'enveloppe était posée sur la banquette passager, gonflée par les billets comme un ventre repu. Mayerbek a allumé le contact, fait marche arrière, roulé sur le chemin forestier en direction de la départementale et à l'intersection, le véhicule s'était immobilisé. Il conserve de cet épisode le souvenir d'une absence, un phénomène dont il est coutumier depuis l'enfance et au sujet de laquelle les pédiatres de Grozny ont évoqué la possibilité d'une épilepsie frustre, une mise en pause de son cerveau qui le rend étranger au monde extérieur qui devient alors flou, constitué d'une matière qui se plisse, comme à l'intérieur d'une coupe géologique. Absent à ce monde comme s'il était peint sur une toile abstraite, mais pas à lui-même avec qui il entretient au contraire une relation intense, une intimité hallucinante, comme s'il pouvait se sentir, se voir, se goûter avec une épaisse clarté, doublée d'une sensation de puissance infinie, supérieure aux lois de la pesanteur, l'impossibilité d'une chute.

Après ces quelques minutes, immobilisé au croisement, il a tourné à droite plutôt qu'à gauche. Un changement de direction, sans doute le plus absurde de toute son existence, aux conséquences imprévisibles, capable de les rendre fous, ivres de rage, assoiffés de vengeance, de le tuer, de les tuer tous, les deux Français, jusqu'à ce qu'ils retrouvent leur argent. Mais ce geste rendu léger par la direction assistée, à peine une traction du pouce et de l'index de la main droite, s'est aussi accompagné de l'impression qu'il sortait d'un tourbillon, un tourbillon de merde dans lequel il était aspiré depuis des mois, depuis des années.

Le nord. Il a mis cap au nord sans trop savoir pourquoi, mais une fois sa décision prise, il s'y est tenu comme s'il avançait sur des rails, comme attiré par l'odeur de la glace. Car si Mayerbek possède un don – en dehors des camions et des motos dont il comprend la langue –, c'est celui de connaître la position qu'il occupe à la surface du globe. Comme s'il avait une boussole greffée quelque part à l'intérieur du corps. Il repère les pôles comme un oiseau migrateur. À croire qu'il est né pour ça, la migration.

Au début, il a emprunté des départementales, des nationales, traversé des ronds-points, puis très vite rejoint les premiers échangeurs d'autoroute. Troyes, Reims, Arras, Lille. Il roulait vers le nord, avalant du regard l'une après l'autre les bornes de kilométrage, s'interrogeant sur le chiffre que porterait celle devant laquelle le Mitsubishi s'immobiliserait obéissant aux ordres sonores d'une sirène de gendarmerie ou d'un véhicule des douanes. C'est par le seul changement de couleur des panneaux de signalisation qu'il avait pris conscience qu'il roulait sur une autoroute belge, Courtrai, puis Gand. Après, ce fut Anvers, et les couleurs ont encore changé : Breda, Utrecht, des pays minuscules qui changeaient de nom sans prévenir, des frontières comme des bras ouverts, tandis qu'il roulait toujours depuis la forêt au Duc, sans résistance, comme en apesanteur, propulsé vers le nord par son puissant réacteur dans cet espace de Schengen aux bordures invisibles.

Il a passé sa première nuit dans le Mitsubishi, sur le parking d'une station Total, coincé entre deux semi-remorques. En plongeant sa main pour extraire les premiers billets de l'enveloppe pour payer l'essence, la bière et les sandwichs, sa main a tremblé, hésité. Ça lui a vaguement rappelé la retenue de ses doigts à l'entrée du sexe vierge de Milana quelques semaines avant leur mariage. Ensuite les mains se sont habituées à force de visites répétées, au contact des liasses, denses et lisses. Le lendemain, peu avant onze heures, il entrait en Allemagne. *Deutschland.* Un retour au bleu des *Autobahn* avec des indications autoroutières dans une langue nouvelle comme seules marques de ce nouveau pays. Le Mitsubishi continuait à rouler vers le nord. Un instant, Mayerbek songea qu'il était devenu invisible. Il voyait les choses, croisait des hommes, des voitures, mais eux ne le remarquaient plus, dissous dans l'infinité de Schengen.

Dans un *mall* situé à la périphérie de Hambourg, il a fait des achats. Un sac de voyage en tissu, deux jeans, des T-shirts, une fourrure polaire, des slips, trois paires de chaussettes, une brosse à dents, du savon, un rasoir. Il a laissé son jean avec le trou dans la cabine d'essayage comme la peau d'une mue. À Flensburg, l'Autobahn 7 continuait au nord vers le Danemark. Le Danemark. Mayerbek n'a jamais songé que ce pays existait réellement. Qu'il était autre chose qu'un mot, ou un nom de sirène, ou une marque d'aquavit. L'autoroute s'arrêtait net à l'entrée d'une ville, la première depuis le début de son voyage : Kolding, où les rues lui parurent d'une propreté sidérante à tel point qu'il lui sembla envisageable d'y déambuler pieds nus. Les allées, les jardins, les devantures des magasins offraient les allures d'un intérieur lustré.

Il poursuivit vers Vejle, puis Silkeborg où il passa la nuit sur une parcelle agricole située en bordure d'une forêt de conifères qu'il avait quittée à l'aube, en direction d'Aalborg. Les routes étaient presque désertes, une succession de plaines et de vallons dont le sol devenait peu à peu sablonneux. Plus au nord, l'Hirtshalsmotorvejen E39 s'est brusquement interrompu à l'entrée d'une ville qui débordait sur une vaste étendue de lande. Il l'a traversée par une avenue large bordée de maisons en briques rouges barrée à son extrémité par une haute colonne de ciment surmontée d'une coupole grise, comme l'œil d'un géant observant la ville. Mayerbek a garé le Mitsubishi et s'est avancé en direction de l'étrange pilier blanc. Un vent froid et humide soufflait en sa direction. Un vent chargé d'odeurs tantôt soufrées, tantôt salées, parfois rehaussées par celle plus familière du benzène. Il a dépassé l'édifice et soudain, derrière un mur d'enceinte, aperçu au point de chute du gris du ciel un plan de même couleur, quoique plus foncé : la mer, ou l'océan, il ne savait pas. En tous les cas, c'était bien ça, une surface ridée et mobile dont il ne percevait aucune limite ni au nord, ni à l'est, ni à l'ouest. La route s'arrêtait là, son voyage aussi, à cette extrémité. Une certitude qui s'estompa lorsqu'il aperçut sur sa gauche la masse flottante d'un ferry qui amorçait une courbe avant de prendre la direction du large, la preuve qu'il pouvait encore s'éloigner des Grésilles, fuir plus loin encore, mais sans doute plus au volant du Mitsubishi.

Hirtshals. C'était le nom de la ville. Mayerbek y séjourna trois jours et deux nuits à l'écart du centre. Il consacra de nombreuses heures à observer l'océan, immobile, en lisière du chiendent, cette herbe recourbée par le vent qui précède la grève. Bleu froissé le jour de son arrivée, la nappe a blanchi à mesure que le vent le giflait, il a observé les vagues s'épaissir et, plus près des digues, l'eau s'infiltrer et frapper avec force contre les blocs de pierre. Un spectacle fascinant, dont il guettait d'autres métamorphoses, d'autres teintes. Il l'a aussi vu s'éloigner, revenir, passer du gris sombre à l'indigo, râler sur le sable, s'écrouler en fracas ou, le soir, murmurer un son flasque et rythmé. Il mangeait assis sur l'herbe des frites et du haddock pané achetés au camion du port. Il aurait voulu plus que tout partager ça avec Milana et Ruslan, qu'ils soient à ses côtés et contemplent la même chose que lui. Ou au moins leur raconter ce qu'il voyait, son voyage jusqu'ici ; Ruslan n'en aurait pas cru ses oreilles.

Mayerbek songeait aussi au paquebot qu'il avait vu partir vers le nord. Il en avait déduit que sa ligne de fuite se prolongeait peut-être quelque part derrière l'horizon vers lequel il avait vu s'éloigner le bateau. Il rôda un certain temps autour du guichet de la compagnie Smyril Line et finit par comprendre que deux fois par semaine un ferry quittait Hirtshals pour l'Islande. Une traversée de deux jours et deux nuits. Il avait déjà entendu des histoires de types planqués dans les turbines des paquebots, dans des fourgons réfrigérés, à Gdańsk, à Calais, à Riga et qu'on retrouvait dans un sale état à leur arrivée. Mayerbek n'est pas venu jusqu'ici pour finir congelé ou déchiqueté par une hélice. Il n'a pas échappé aux agents de Kadyrov, aux hommes de main de l'obchtchina et aux douaniers européens pour crever au milieu de l'océan. Il préférerait se planquer à l'intérieur de son propre rectum plutôt qu'en fond de cale.

Mais il y avait une voix, une puissance venue il ne savait d'où qui, depuis qu'il avait tourné à droite sur la départementale et traversé toute l'Europe, prenait les décisions à sa place, lui disait où aller et quand s'arrêter, une voix déterminée dont on ne discutait pas les choix. C'est comme ça qu'au matin du troisième jour il s'est pointé au comptoir de la compagnie Smyril Line et, dans un anglais minable, a acheté un billet pour la traversée du lendemain. Mayerbek n'avait plus rien à perdre. Que risquait-il, à part contempler son entrecuisse à travers un nouveau trou, dans un centre de rétention d'ici ou d'ailleurs ? Le type au guichet était jeune, à peine trente ans, des yeux d'un bleu très clair, une barbe blonde clairsemée. Il allait selon toute vraisemblance lui demander une pièce d'identité, ou une carte de séjour, et Mayerbek serait contraint de sortir le seul document qu'il possédait : un passeport périmé, un passeport qui de plus mentionnait sa nationalité, autant dire son ticket d'entrée pour l'antenne de police du coin. Il connaissait la suite, les interrogatoires, dix fois, vingt fois, les mêmes questions, l'attente, le transfert vers un nouveau camp, et il ne ferait rien pour s'y opposer. Le type avait commencé par lui demander son nom, son prénom, sa date de naissance, puis une adresse mail et celle d'un compte Facebook, afin d'être tenu au courant des événements organisés par la compagnie Smyril Line, le tout sans lever les yeux de son écran. Il sembla juste étonné d'apprendre que Mayerbek ne possédait pas de compte Facebook et enchaîna sur l'annonce des prestations offertes pour la traversée, la catégorie de la cabine, celle du véhicule. Il reportait les réponses hébétées de Mayerbek sur son clavier avec une grande dextérité, remuant à peine ses doigts, caressant les touches de la pulpe comme les points en relief d'une écriture braille, *no, car, economic*, tandis que Mayerbek serrait dans sa main gauche le passeport enfoui dans sa poche, redoutant l'instant qui reculait sans cesse, de sa pitoyable exhibition. Le jeune homme releva la tête et d'un air grave, mais attentionné, de celui qui convient à l'expression d'une considération singulière, d'une attention bienveillante, lui demanda si *yes* or *no* Mayerbek était sujet à des allergies alimentaires.

Cette scène, Mayerbek, sur le pont du *Norröna*, le visage livré sans retenue aux embruns, y repensa souvent, une scène qui renforçait le vertige provoqué par la hauteur du pont supérieur, comme un rêve, une caresse salée, qu'il laissait défiler, s'interrompre, qu'il reprenait, depuis le début ou par sa conclusion, l'impression du billet sous un ciel bas et sombre, éclairé par le gris de l'océan. Mayerbek en déduisit qu'il était peut-être arrivé dans une région du globe où la plupart des calamités, ce réservoir sans fond de vicissitudes qui partout ailleurs lui pourrissaient l'existence depuis des années, glissaient sur la pente du quotidien comme si l'on avait répandu du lubrifiant, un lieu semblable aux soupapes huilées d'un moteur à injection. En guise de célébration, il vida une bouteille d'Aalborg dans le Mitsubishi et, au matin, il arracha les plaques d'immatriculation ainsi que le numéro de série du châssis, abandonnant ainsi le 4x4 à son anonymat, une grosse masse de métal apatride. Il n'avait emporté que le croissant de lune qui pendait au rétroviseur avant de rejoindre à pied l'embarcadère du *Norröna*.

Le village qu'il arpente quotidiennement d'est en ouest est niché au fond du fjord Seyðisfjörður à l'extrémité d'un court serpent de mer dont les bras vont s'élargissant vers l'océan. Au-delà, il n'y a plus rien ou en tout cas plus rien qui le concerne et, d'ailleurs, la carte du monde qui est affichée dans le hall de la réception s'interrompt d'un trait au milieu du bleu céleste de l'océan, prolongée au-dessus par les lambris en sapin qui couvrent les murs. À l'intérieur de cette cavité hérissée de quelques habitations, recouverte par endroits d'une mousse verte presque fluorescente, débarque deux fois par semaine une poignée des touristes, qui empruntent aussitôt l'unique route qui sillonne entre les parois magmatiques d'où s'écoulent çà et là de puissants torrents d'une eau sombre. Le village s'est peu à peu habitué aux déambulations quotidiennes de Mayerbek et on le salue même lorsqu'il passe devant certaines maisons. Mayerbek a échangé quelques mots avec un ou deux pêcheurs et un peu plus avec le propriétaire du garage dans l'enceinte duquel des chalutiers penchent maladroitement vers un sol en terre battue. Ils ont parlé moteur, bloc-cylindres, arbre à cames, une langue universelle, surtout avec les yeux et les mains noires de cambouis du garagiste, qui rappellent à Mayerbek les siennes à la fin d'une journée, ses mains tellement vivantes.

L'inspectrice Gudjohnsen se montre optimiste quant aux perspectives de maintien sur le territoire. L'Islande, lui dit-elle d'un ton chaleureux, n'autorise aucune expulsion dans les pays où la situation politique est jugée dangereuse, mais surtout pratique une politique d'incitation migratoire, en particulier dans les régions où la densité de population est très inférieure à celle des geysers. Leurs échanges sont facilités par l'utilisation d'un logiciel de traduction qui retranscrit en langue nakh celle aux sons vélaires de son interlocutrice. Selon l'inspectrice, la situation devrait aussi permettre à Mayerbek d'envisager la venue de Milana et Ruslan lorsque son cas sera réglé, du moins s'il peut justifier d'un emploi et, à ce titre, elle lui rappelle que le garage de Seyðisfjörður est à la recherche d'un mécanicien. Au terme de chacune de ses convocations, l'inspectrice Gudjohnsen laisse Mayerbek dans un drôle d'état. S'il a parfois l'impression d'être observé, scruté par tout un village comme un corps étranger, un composé sans doute insoluble dans ce creux de l'océan, il ressent aussi dans le regard de certains une suggestion, une sorte de sous-entendu discret, comme une retenue adressée à sa grande carcasse afin qu'elle continue à sillonner les rues, entre ces maisons colorées.

Tandis qu'il erre à proximité du port où rentrent les dernières embarcations de pêche, une traînée d'oiseaux blancs dans son sillage semblables aux pointillés d'une narration qui s'achève, Mayerbek songe qu'un jour peut-être Ruslan naviguera sur l'un d'entre eux, qui sait, connaîtra le nom des estuaires, des rivières qui se rejoignent dans le fjord au terme de leur périple tordu, parlera cette langue rude. Qu'il ne repartira plus jamais d'ici ou juste alors pour regarder ce qu'il y a derrière les montagnes qui barrent l'horizon à l'est, mais pas beaucoup plus loin.

Brassac, porte du Sidobre, département du Tarn,
17 janvier

À cette heure creuse de la journée, ils sont à l'étage et ne descendent qu'au son du carillon, un dring sonore lorsque la porte s'ouvre, mais aussi lorsqu'elle se ferme, un second avertissement bien inutile auquel Nicolas Destrade devra peut-être songer à remédier un jour ou l'autre. Durant la plus grande partie de l'après-midi, la sonnette ne retentit que trois ou quatre fois avec un léger frémissement avant la fermeture, vers 18 heures. Malgré ses craintes, Destrade doit admettre que ce détail représente le seul vrai désagrément depuis leur installation et qu'en dehors de cette alarme inopportune les choses se déroulent à peu près sans encombre depuis leur arrivée à Brassac.

L'unique étage de la modeste maison de village se compose de trois pièces, une cuisine, un salon, une chambre, toutes étroites, mais la perspective sur les toits d'ardoise de la ville donne à chacune un prolongement généreux. En bas, la boutique est sobrement meublée, deux vitrines disposées perpendiculairement l'une à l'autre et, aux murs, des étagères réfrigérées supportant les produits de crèmerie. La devanture est modeste, décorée de la seule enseigne qui indique le nom de la boutique sur un fond gris sale : *Fromagerie de la Tour*. Bref, tout est à refaire ou presque, a dit Aurore la première fois.

Si Destrade a toujours apprécié les fromages, ceux de caractère en particulier, forts en bouche, affinés, bleus ou crayeux, jamais il ne s'est imaginé en vendre un jour. Commissaire de police, nageur de combat, pilote d'hélicoptère, démineur, ça oui, il en a rêvé, mais fromager jamais.

Ils ont trouvé l'annonce cinq semaines après sa démission. Une période étrange pour Destrade, qui lui a rappelé son stage de parachutisme : cette perspective enivrante de chute libre, ternie par une panique indescriptible en particulier lors des instructions au sol. La conviction que jamais, quoi qu'il arrive, il ne pourra quitter le marchepied, lâcher le hauban, donner l'impulsion requise et sauter dans le vide. Pourtant, par l'enchaînement des actes techniques, découpés, isolés des autres et surtout de leur finalité, il est miraculeusement parvenu à fragmenter aussi sa terreur, presque à la dissoudre et à s'abandonner au dernier ordre de l'instructeur.

C'est dans un état similaire qu'il s'est rendu à la première convocation de sa hiérarchie à Dijon. Il s'est entendu signifier par un colonel assisté de deux inspecteurs du bureau des enquêtes de la gendarmerie la liste de ses infractions au Code de procédure. Il s'ensuivit l'énoncé de la plainte déposée par Boisrobert pour coups et blessures commis par un gendarme dans l'exercice de ses fonctions. Au terme de sa lecture, le colonel Jurandeau a adressé à Destrade un regard qu'au cours de sa carrière aucun militaire ne lui avait adressé. Un regard de dégoût qui semblait dirigé vers un point situé derrière lui, au-delà de Destrade, effacé de son champ de vision, l'empreinte souillée des hommes qui portaient l'uniforme.

Aux interrogations des enquêteurs, Destrade n'avait rien répondu. Les questions n'étaient pas posées, mais projetées. Elles lui coulaient dessus comme une cire brûlante sur la peau et durcissaient aussitôt, en croûtes épaisses. Elles induisaient en salve des points de torsion qui diffusaient dans le bas de son abdomen puis remontaient vers les côtes, le haut du sternum, le long de la mâchoire et enfin le crâne. Son corps hurlait et aucun son ne sortait de sa bouche tandis que les trois paires d'yeux restaient plantées sur leur cible. Et puis il eut une sorte de plateau, un instant bref au cours duquel cette machine infernale à l'intérieur de ses tripes ne semblait plus rien produire, vivre seulement de ses acquis douloureux, comme les membres fantômes des amputés. Enfin, quelque chose s'était échappé, le nœud s'était desserré, ouvrant une boucle, un trait d'air, de lumière, l'annonce d'un *dénouement*. Comme sur le marchepied du Pilatus PC-6, l'avion de saut. Il avait pris son impulsion et s'était jeté dans le vide. Il s'était excusé et avait quitté les lieux sans même leur adresser un salut militaire.

Une fois rentré chez lui, il prit un bain très long, très chaud. Destrade n'avait aucun souvenir de son dernier bain, ni même d'aucune situation susceptible de la nécessité de lui faire prendre un bain. Il plongea son mètre quatre-vingt-dix dans la baignoire trop petite, ses jambes repliées formant aux genoux comme deux pics étroits émergeant d'une brume de montagne et une détente molle le gagna peu à peu, jusqu'à ce que l'eau tiédisse. Lorsqu'Aurore arriva, plus tard dans la soirée, il était étendu sur son lit, vêtu d'un peignoir en coton, le corps aussi spongieux que le textile. Il se leva, l'entoura de ses manches duveteuses et lui balança comme on énonce la constatation d'un phénomène naturel, le tout conjugué au présent : « On part. »

Entre cet épisode et la première sonnerie du carillon de la fromagerie de Brassac, deux mois à peine se sont écoulés. Quelques soirées ludiques à errer sur Google Maps et les annonces du Bon Coin comme des enfants dans un terrain vague. À Brassac, la municipalité offrait le fonds de commerce, des aides financières et un loyer avantageux. Le Tarn, Destrade connaissait à peine, le commerce, pas du tout, mais le choix de la planète Mars ne l'aurait pas davantage déconcerté. Ils ont posé cinq jours et, pour la première fois ensemble, quitté la région. Les hôtels en chemin, les routes sinueuses entre les causses, les villes et les villages, Gaillac, Ambialet et enfin Brassac, la soupe à l'ail rose, le chichoulet, les radis au foie salé, les vins de Cahors, les clochers orientaux des églises, ils avaient tout aimé, en bloc.

Le couple de sexagénaires qui officiait à la fromagerie de la Tour n'exprima aucun étonnement face à Aurore et son look total *girly*, jupe courte en jean rose, bottes en daim, *crop top* sous un perfecto cintré, chevelure retenue dans un bandana fuchsia accordé à ses ongles. Sans doute ont-ils remarqué par l'ambivalence des traits, la largesse des pommettes et du front ou l'épaisseur des lèvres l'expression d'une contradiction, portée par la courbure des sourcils, l'ovale des yeux accentué par le mascara. Un visage interrogateur face auquel ils n'ont rien laissé paraître. Mme Gervois, la fromagère, ronde et joviale, s'est adressée à Aurore comme à son égale, lui prodiguant des conseils d'entretien, lui dévoilant les dessous de la comptabilité, la base du fonctionnement de la caisse tandis que M. Gervois délivrait à Destrade les secrets du commerce, les coordonnées des producteurs régionaux, la logistique d'acheminement et le chiffre d'affaires à atteindre.

Un mois plus tard, ils donnaient tous deux leur démission, Destrade sans attendre les conclusions de l'enquête. Les derniers jours à la gendarmerie ont été éprouvants. On l'évitait avec gêne, on le saluait avec défiance. Si son acte aurait pu, dans un autre contexte, susciter la compassion ou mieux encore la noblesse, il s'en trouvait dénaturé par son objet et aux yeux de ses collègues n'était que l'expression de la rage incontrôlée d'un désaxé. On cherchait les signes qui auraient pu alerter avant cet événement et l'on en trouvait. Des prédispositions, nichées dans les recoins d'une hémipersonnalité obscure et renfermée, une cave, un sous-sol où l'on devinait le moisi. Enfermé dans son bureau, il expédiait les affaires courantes. Les éoliennes et les Tchétchènes, c'était des histoires anciennes, il en avait été dessaisi.

Destrade a revu Wisnievsky une seule fois, un soir et en civil. Il tenait à le remercier pour son intervention chez Jardinât. Boisrobert, il aurait pu le tuer. Il voulait aussi lui parler du cheval. La décapitation du franches-montagnes, ce n'était pas les Tchétchènes, ni Frappier, et encore moins un gang satanique. Quelques jours avant l'enlèvement, on avait ramené en cellule de dégrisement un certain Pascal Niaudet. Un ancien peintre en bâtiment tombé dans le blanc-cassis depuis trois ans et qui vivait pour une moitié du RSA et de l'autre aux crochets d'une employée des Taxis Vauban. Pour conduite en état d'ivresse avancée, il risquait 4 000 euros d'amende et un retrait de permis définitif. Le lendemain, il avait demandé à parler à Destrade. Il avait des révélations à faire, des choses à dire, des choses importantes, une occasion aussi de collaborer avec les forces de l'ordre. Destrade l'avait informé que la non-dénonciation d'un délit pouvait aussi lui ajouter six mois de préventive, et Niaudet ne s'était pas fait prier longtemps pour raconter à Destrade ce qu'il avait vu au cours de la nuit du 23 juin. Il rentrait chez lui par la route de la Cure et avait été intrigué par la présence d'une voiture garée en bas de la côte des Moingeots, au beau milieu de la nuit. D'autant plus qu'il la connaissait, cette voiture, la vieille Subaru d'Antoine Menau, l'ancien boucher de l'Auchan de Gercy. Il avait dépassé le véhicule et s'était garé un peu plus loin, avant l'embranchement vers les Chaumes, au cas où Menau se serait trouvé en difficulté… le sens de l'entraide, un autre trait de sa personnalité. À peine sorti de sa voiture, il avait vu deux types enjamber la clôture du pré et se diriger vers la Subaru. L'un des deux était Menau, il en était certain, un type comme ça était facilement reconnaissable, deux mètres de haut, large comme un essieu de tracteur. L'autre, il ne savait pas. Ils étaient remontés dans la Subaru au pas de course et repartis aussitôt en sens inverse. C'est en apprenant l'histoire du cheval trois jours plus tard qu'il avait fait le rapprochement. Voilà ce qu'il savait. Niaudet ne disait pas que c'était Menau qui avait décapité le canasson, il disait juste ce qu'il avait vu cette nuit-là ; peut-être une coïncidence, mais si ça pouvait aider, aider la gendarmerie, aider l'État, même s'il avait un peu abusé du muscadet la nuit passée.. Destrade l'avait mis dehors, ce type lui filait la nausée. Mais il avait quand même rendu visite à l'improviste à Menau dans son pavillon à la sortie de Gercy. Sans préambule, à l'intox, il avait annoncé au boucher qu'il avait été clairement identifié sur les lieux du crime cette nuit-là. La suite avait dépassé ses espérances. En moins d'une minute, la face de Menau avait viré du rouge au blême, un blême sec, avant de tourner à l'humide puis au détrempé, donnant l'impression que son visage gras fondait. Un drôle de spectacle que les gouttelettes translucides qui glissaient sur le dodu de ses joues et se voyaient plus bas relevées d'un jaune morveux. Destrade n'en revenait pas. Après les larmes, le reste avait coulé dans une pareille incontinence, précipitée par la menace d'un séjour prolongé rue d'Auxonne, à la maison d'arrêt de Dijon. Par spasmes, comme issu d'une tuyauterie engorgée, Niaudet avait expulsé le nom de Thierry Frimont, pompier à Saint-Aman et conseiller municipal, un titre et une fonction qui lui avaient fait régurgiter dans le jet suivant le nom de Blizzard. Convaincu de la responsabilité du Parisien dans l'attentat contre le mât de mesure, *son* mât, ulcéré par la stérilité de l'enquête, Blizzard avait longtemps cultivé son ressentiment, ruminé ses représailles avant que l'idée ne germe au milieu de sa rage fétide. Un plan pour lequel il avait, sur les conseils de son adjoint, sollicité les compétences d'un homme du métier, l'ancien boucher et membre du groupement de chasse communal, persuadé qu'il était que la responsabilité en serait attribuée au gang hippocide qui sévissait dans le pays. C'était la version des faits que Destrade avait transmise à Dijon, dont ils instruisaient les fondements, mais si le quart des révélations du boucher se révélait exact, l'avenir de Blizzard et de ses ambitions en matière de politique environnementale avait du plomb dans l'aile.

C'était en quelque sorte son cadeau d'adieu, dit-il à Wisnievsky quand ils se séparèrent après une première et ultime poignée de main, un geste qu'ils accompagnèrent d'un échange de regards intenses, l'un de ces échanges virils et poignants rappelant à Alexandre ceux que l'on trouve en abondance dans la filmographie de Jean-Pierre Melville : deux étrangers, deux égarés au milieu d'une foule hostile, reconnaissant en l'autre un même trait d'humanité misérable et dissidente, et qui, souvent, à cette occasion, partagent une cigarette.

La sonnerie contraint Destrade à sortir de sa sieste molle, chauffé par un poêle qui projette sur la paroi en vitrocéramique des ombres orangées. Aurore est encore assoupie, à moins qu'elle ne feigne de n'avoir rien entendu. De toute manière, elle est nue et, le temps qu'elle s'habille, le client sera reparti. Tout en se levant, il observe sa poitrine qui se soulève à chaque inspiration, une poitrine qui bien qu'encore menue supporte désormais sans artifice l'assistance d'un soutien-gorge. C'est à ce degré de métamorphose qu'Aurore a pris la décision de stopper sa transition, laissant intact et pour le plus grand bonheur de Destrade tout le reste, une complétude dont le gendarme jouit sans retenue. La nuit dernière, il l'a pénétrée les yeux plantés dans les siens, le membre d'Aurore collé entre leurs deux abdomens, stimulé par les mouvements de leurs bassins. Il a senti le liquide tiède se répandre sur son ventre, les coller un peu plus, leurs doigts enlacés, si engagés, si accrochés l'un à l'autre qu'il a joui dans un hurlement, un son qu'il n'imaginait pas pouvoir un jour sortir de lui.

Destrade enfile ses Nike en équilibre sur le parquet qui recouvre le sol de la pièce, le sol de cette maison, dans cette ville qui lui est encore inconnue où il doit tout reconstruire. Tout rebâtir après l'effondrement, la chute de cet édifice précaire auquel il avait consacré des matériaux robustes, étage par étage, année par année, grade par grade, jusqu'à la collision, ce choc contre ce corps de cristal qui l'a ébranlé, provoquant tous ces désordres qui se sont enchaînés, alimentés en un point aveugle de sa conscience. Tout est là, rassemblé dans cette pièce éclairée par un soleil d'hiver qui, barré par le store, inonde d'un fard cru la peau d'Aurore. Toute sa vie désormais, portée par ce souffle et celui du mistral qui s'engouffre dans les rues étroites de Brassac, le fait avancer ou tourner sur lui-même, il ne sait plus très bien au juste. Il habite un port désormais et contemple face à lui ce visage ancré à l'oreiller tandis qu'une odeur de fromage de brebis monte par l'escalier.

– Votre ossau-iraty, il vient toujours de Montory ?

– On n'a rien changé.

– C'est bien ! De belles manechs à tête rousse. Vous les avez déjà vues ?

– Pas encore.

– Vous devriez. Des yeux fendus en diable et pas de corne.

– Comme ça, c'est bien ?

Elle est sèche et minuscule. Sa tête et son cou sont couverts d'un foulard sur lequel sont peints des griffons. Elle possède les yeux d'un vieil aigle et une voix d'enfant triste. Destrade, tandis qu'il repose dans la vitrine la meule à la croûte orangée, doit contenir l'assaut d'une larme peu appropriée au contexte, un phénomène dont il n'a plus l'expérience depuis longtemps.

Mediapart, 17 janvier 2021
JUSTICE : Au vent mauvais
Mowgli Quintrec

De la colère et surtout beaucoup de tristesse, hier, au troisième et dernier jour d'audience au tribunal correctionnel de Dijon pour les parties civiles, la société Uber Wind et l'ONG Réaction Action Climat. Le procès dans l'affaire de la dégradation sauvage d'un mât de mesure, préalable au futur gisement éolien dans le parc du Morvan, n'aura pas permis de dissiper l'épais nuage de doutes entourant cette affaire et en particulier le rôle qu'aurait joué l'écrivain Alexandre Wisnievsky dans l'organisation de l'expédition meurtrière. Un projet par ailleurs à la hauteur des engagements de la région en faveur d'un développement des énergies vertes et adoubé par l'ensemble des élus et citoyens de la petite commune de Saint-Aman.

Un procès pour du vent en quelque sorte où tout aura été tenté par les avocats de la défense pour minimiser l'implication de Wisnievsky, ou surtout attribuer la seule responsabilité à Kevin Frappier, un éleveur canin de la région, retrouvé assassiné à son domicile dans des circonstances mystérieuses. Une version des faits en grande partie étayée par les dépositions du gendarme Nicolas Destrade, résilié de ses fonctions à ce jour et absent à l'audience. Un procès surtout où l'on se sera attelé à dresser le portrait du propriétaire du chenil sous les traits d'un homme violent et peu scrupuleux, commanditaire et co-auteur du saccage ayant coûté la vie à un migrant tchétchène d'à peine quinze ans selon la défense.

Tout, au contraire, aura été mis en œuvre par ses avocats pour assigner à Wisnievsky le rang de simple témoin assisté, passible à ce titre d'une simple amende assortie d'une peine avec sursis. Car, avec des migrants terrorisés ou évanouis dans la nature et un coupable sous terre (les morts ayant toujours tort), il y a peu de doutes que l'hypothèse d'une plus vaste responsabilité de l'écrivain – soutenue par Ségolène Fourniquet, avocate des parties civiles – soit retenue par la cour.

Ce même Wisnievsky se sera efforcé tout au long de la procédure d'apparaître comme un personnage secondaire, effacé, offrant à la cour une candeur désolée, pourtant tout en contraste avec une personnalité et une œuvre (sans doute méconnue de la juge Nicole Jourdan) où, roman après roman, son narrateur s'exhibe et se complaît dans un jeu de l'ego qui a même fini par épuiser ses derniers lecteurs. Mais ceux et celles qui ont parcouru certains de ses livres se souviennent sans doute de la pusillanimité de son personnage principal, une sorte de parangon de l'indifférence inapte à toute excentration, toute déconstruction – hormis peut-être celle des mâts de mesure. Un individu fossile en quelque sorte – au même titre que les énergies qu'il protège –, fasciné par son microcosme au point que la vie d'un enfant sans papiers possède une valeur inférieure à celle d'une perspective champêtre.

« Les hommes sont comme les abeilles, leurs produits valent mieux qu'eux », disait ce bon Jules Romains. Wisnievsky n'est sans doute pas le moindre des contre-exemples à cette maxime pleine d'un optimisme naïf. Un homme au diapason de sa production dont les actes comme les écrits sont les témoins de la puissance qui l'habite ou, dans le cas présent, les témoins de son impuissance, la marque de sa cécité à la cause de l'Autre. La cour appréciera. Nous nous contenterons de ressentir.

Mardi 16 février, Paris.

En se tenant à gauche de la fenêtre du salon, on aperçoit derrière les toits un fragment du baldaquin qui surmonte la coupole du Val-de-Grâce. Alexandre aime se poster à cet endroit et contempler cette perspective qui élimine de son champ de vision les tours d'Italie 2. Il voudrait que l'appartement tout entier tienne dans cet espace restreint, ou bien être frappé d'une sorte de scotome ne respectant que cet horizon harmonieux ouvrant sur les murs d'enceinte de l'ancienne abbaye.

Il règne dans l'appartement en cette soirée d'hiver une ambiance ouatée, à peine irritée par la stridulation d'une ambulance dans ce quartier d'hôpitaux.

« Paris n'est plus qu'un long silence », répète Alexandre dans un soupir de dépit tout en finissant ses gyozas au poulet livrés une demi-heure plus tôt par un Deliveroo casqué dont lui et Fanny n'ont ni vu le visage ni entendu le son de la voix. Une livraison anonyme au point qu'Alexandre a évoqué la possibilité que l'entreprise remplace les hommes par des sortes d'androïdes dont elle pousserait la vraisemblance jusqu'à la négritude.

Aucun de ces détails ne peut venir perturber la sérénité qui coule entre ces deux-là qui se satisfont d'un rien, goûtent à la résilience comme d'anciens agueusiques à des mets raffinés. Ils sont les deux rescapés d'une tempête, les rescapés d'une tragédie dont le fil des réminiscences les enchaîne, mais aussi les isole, les rend étrangers aux autres, la foule des sans-histoires, ceux dont l'existence n'offre de dramaturgie que celle distillée par le quotidien, le génocide des abeilles, la crise sanitaire. Aussi préfèrent-ils se consacrer l'un à l'autre, sur un fond musical qui rehausse la tonalité de leurs émotions, la sonate pour piano et violon de César Franck ce soir-là dont l'imploration large, percée d'inquiétude du premier mouvement les réassigne aux affects d'une mémoire commune, comme les deux survivants d'une langue disparue.

Le Morvan est pour eux un puits dont ils ne se sont plus approchés depuis plusieurs mois. Ils frémissent rien qu'à en parler au point qu'ils se demandent s'ils pourront un jour y retourner. Ils se sont réfugiés dans cette citadelle où ils se reconstruisent, lèchent leur plaie, mobilisent à nouveau leurs sens et leurs membres endoloris.

Alexandre a longtemps redouté l'irréparable, l'impardonnable aux yeux de Fanny. Une réponse froide en réponse à son acte inique, à la mesure d'une lâcheté qui le défigurait et dont elle ne pourrait jamais l'absoudre. Mais c'est l'inverse qui s'est produit. Sa réaction l'a bouleversé, à la manière d'une nouvelle d'un auteur portugais dont il a oublié le nom. L'histoire d'une nonne violée par des crapules refusant avec obstination de dévoiler aux enquêteurs les indices susceptibles de permettre de les identifier. À la mère supérieure qui l'incite à collaborer pour empêcher de nouvelles victimes, elle répond avoir accompli un geste d'amour à l'égard de ces malheureux, conféré à son engagement spirituel le sens qu'il méritait, illustré la matrice de sa foi en quelque sorte. Fanny avait, elle aussi, offert son corps pour laver ses péchés. Pas une seule fois au cours des semaines qui ont suivi sa libération, elle ne l'a accablé. Tandis qu'il gémissait, sanglotait ou se confondait en excuses, elle se bornait à lui opposer le regard d'une chatte épuisée, mais sereine après une délivrance, contemplant les événements avec la distance que l'on accorde aux choses dérisoires. Les injures, les crachats au sujet de sa conduite, c'est lui qui s'en est chargé. Digne représentant d'un Occident dégénéré, estropié de l'engagement, sourd et aveugle au fracas de la réalité, il prenait sa part dans ce monde indigne où bientôt l'on irait jusqu'à sous-traiter ses revendications par des manifestants factices défilant de Bastille à la Nation. Un juste mélange de lâcheté et de perfidie, mi-Iago mi-Thénardier, ou pire, une sorte de nazi heideggérien, idolâtre de la nature au mépris de l'existence humaine, voilà ce que lui inspire son reflet dans le miroir. Fanny le laisse s'autoflageller, transformer ses inconséquences en vices et ses vices en tourments et, de surcroît, son propre statut de victime en celui de consolatrice, de secouriste bienveillante. Car elle habite un autre continent. Ce territoire qu'elle fréquentait sans en connaître le nom dans les premiers temps, elle en contemple maintenant l'étendue des heures durant, s'éveille la nuit pour s'assurer de sa réalité, vérifier que la perspective offerte par cette moitié de sphère où elle promène la paume de ses mains n'est pas un paysage en trompe-l'œil. Elle ne guette de l'autre moitié invisible que les ondes et les signaux. Et ces deux-là se comprennent dans leur chanson de geste et elle mieux qu'avec quiconque par les mots.

Cette conversation muette, elle est certaine d'en avoir perçu le murmure bien avant d'en connaître la source. Enfermée dans cette pièce obscure, elle avait eu la certitude qu'elle n'était pas seule. Protégée par une couverture de survie, entourée de deux hommes casqués et lourdement armés, dans la fumée du nitrate d'ammonium, elle ne songeait qu'à lui. Elle était moins inquiète de sa propre survie qu'habitée par sa présence. Voilà ce qu'elle avait découvert ce jour-là. Que rien, sa propre disparition ou même la fin du monde, ne la concernait davantage que ce qui se produisait non pas à l'extérieur, mais à l'intérieur d'elle-même. Lorsqu'on lui demanda à l'hôpital ce qu'elle désirait, manger, boire, téléphoner, se laver, elle répondit qu'elle voulait seulement le voir, seulement savoir. Savoir ce qu'elle savait, mais qu'il fallait lui montrer. L'échographiste de l'hôpital du Bocage à Dijon lui désigna sous un fond gris qui ondulait comme une vague cette tache réniforme noire emplie en son milieu de deux protubérances de même couleur, séparée par une encoche plus sombre. Tout le reste, l'enquête, les éoliennes, Kevin, les Tchétchènes, tout ce qu'elle avait appris s'était écrasé, émietté comme les restes d'un vieux gâteau sec contre l'image incrustée sur l'écran et dont elle conservait les quatre photographies thermiques aux pixels satinés.

Ce ventre et ce qu'il contient ne semblent pas inquiéter Alexandre. C'est à sa propre naissance, sa délivrance, son expulsion hors des entrailles bourbeuses de cette histoire qu'il songe, à la fin d'un acte sombre comme l'annonce parfois au théâtre l'intrusion soudaine d'un décor champêtre, d'une nappe fleurie ou d'une salle de bal.

Cette nuit-là, il pose sa joue sur le globe tendu à bloc tout en retenant le poids de sa tête, et Fanny par ce geste délicat a l'impression que rien de menaçant ne viendra désormais se glisser entre ces trois couches vivantes, l'épiderme d'Alexandre, le sien et plus bas, flottant comme un spationaute, Zelimkhan. Ce prénom, c'est tout ce qu'il a exigé. Pour le reste, tout le reste, c'est elle qui décidera. Zelimkhan Wisnievsky, un nom d'écartelé, mais elle n'a pas protesté. Seul compte cet instant d'ivresse tandis qu'elle approche du terme, un piètre mot pour désigner ce qui les attend tous les trois, un renouveau, un point d'équilibre où les forces s'exerceront toutes dans un même plan, reliées les unes aux autres, une famille.

Au même moment, tandis qu'Alexandre relève la tête, à l'aplomb du nombril de Fanny, Mayerbek fait ricocher dans les eaux du fjord des galets de basalte. Destrade prépare dans un caquelon une fondue gruyère-vacherin qu'il est allé chercher dans la chambre froide. Tout en délayant la fécule dans un verre de kirsch, il jette des coups d'œil furtifs à Aurore qui, sur le canapé du salon, dispose entre ses orteils de petits morceaux de coton, en prélude au vernissage de ses ongles. Jean est retourné dans les hangars pour surveiller une charolaise qui vêlera dans la nuit et dont l'agitation l'inquiète. La lune, large et pâle, semble se déplacer avec hâte dans la nuit glacée. On annonce un peu de neige dans le parc pour le lendemain. En rentrant aux Moingeots, il jette un œil dans l'enclos où vivait le franches-montagnes. Des mystères parfois se produisent. Plus au nord, la ferme de la Crotte-aux-Daims est fixée, isolée du reste du monde par une bande de plastique jaune arrachée par endroits. À une vingtaine de kilomètres à l'est, entre deux rangées de douglas, les traces du rectangle d'un mètre sur deux creusé dans le sol brun et acide où repose le corps de Zelimkhan ont disparu, recouvertes par la mousse. Plus au nord, vers la butte de Thil, le tronc frêle d'un hêtre commun tente de résister aux assauts des dernières gelées au milieu d'une zone étroite de déboisement. La nature reprend ses droits, interrompt des équilibres précaires, engendre des réalités nouvelles. Alexandre se lève et extrait du premier tiroir du bureau une chemise cartonnée contenant un épais bloc de feuilles. Il s'approche de Fanny, ouvre la pochette et en extrait la première page. Il se couche à ses côtés, relève son oreiller et, d'une voix assurée, commence la lecture.

– *Putain de Sarkozy !*

À la place du chemin et de ses deux rubans couleur sable séparés d'un vert gras, étaient incrustées dans la boue sèche de larges et profondes ornières, des tranchées zébrées par les empreintes des abatteuses, comme la signature d'un vandale. Pour avancer…

Ce 428e titre du Dilettante a été achevé d'imprimer à 1515 exemplaires le 8 novembre 2023 par l'Imprimerie Floch à Mayenne (Mayenne). Il a été tiré, en outre, 13 exemplaires sur vélin Rivoli blanc, numérotés à la main. L'ensemble de ces exemplaires constitue l'édition originale de « Qui sème le vent », de Philippe B. Grimbert.

Dépôt légal : 4e trimestre 2023
(103639)
Imprimé en France